Pia Christina Stephan

Auf der Suche nach Sophie von Sternheim

Unser Herz und Verstand sind dem Schicksal nicht unterworfen.
Tugend und Talente sind allein die Güter, welche Verhängnis und Menschen nicht rauben können.

(aus der „Geschichte des Fräuleins von Sternheim")

Die Akteure

Oberst von Sternheim – neu geadelter Gutsbesitzer

Frau Sophie von Sternheim – seine Frau, entstammt mütterlicherseits aus der hochadligen englischen Familie Watson

Fräulein Sophie von Sternheim / Madam Leidens – beider Tochter

Charlotte, Gräfin von Löbau – Stiefschwester der Frau von Sternheim

Graf von Löbau – ihr Ehemann

Rosine – Zofe des Fräulein von Sternheim

Fürst von D. – Herrscher eines kleinen deutschen Fürstentums

Fräulein von C. – Hofdame

Lord Seymour – Gesandtschaftskavalier, englischer Adliger

Mylord G. – dessen Onkel und Vorgesetzter

Lord Derby – englischer Adliger und Lebemann

John – Sekretär von Lord Seymour

Madam Hills – wohltätige Gutsbesitzerin in Hessen

Lady Summers – englische Adlige, Herrin von Summerhall

Lord Rich – englischer Adliger, Halbbruder von Lord Seymour, Herr von Greenoak

Lady Alton – Ehefrau von Lord Derby, Nichte von Lady Summers
Nancy Hatton – verstorbene Geliebte von Lord Derby
Lidy – außereheliche Tochter von Nancy und Lord Derby
Mrs. Hatton – Mutter von Nancy Hatton
Lady Douglas – Witwe, Schwester von Lord Hopton
Lord Hopton – Freund Lord Derbys
Mary – Zofe, Tochter eines Bleimienenarbeiters

Bei den kursiven Passagen handelt es sich um Originalzitate aus der „Geschichte des Fräuleins von Sternheim" von Sophie von La Roche.

Tumult (Lord Rich, Spätsommer, Greenoak)

Es war ein heißer Spätsommertag. Ich sortierte meine Mineraliensammlung, aber meine Gedanken schweiften ab. Ob ich wollte oder nicht, Madame Leidens ging mir nicht aus dem Kopf. Hundertmal sagte ich mir, dass mein Werben um sie vergebens sei. Ich war ihr zu alt oder zu ernsthaft oder zu schrullig. Ich muss gestehen, dass ich ihr über zwanzig Jahre voraushabe. Madame Leidens behagte meine Gesellschaft nicht. Sie spürte mein Drängen und sperrte umso mehr die Tür ihres Herzens zu. Sie schenkte mir nicht ihr Vertrauen. Lehnte sie mich grundsätzlich ab oder gab es besondere Umstände in ihrem Leben, die eine Verbindung mit mir verhinderten?

In dem Moment, wo ich Madame Leidens erstmalig sah, veränderte sich mein Leben. Mochte sie unter falschem Namen leben, mochte sie unförmige Leinwandkleider und große hässliche Hauben tragen, mochte sie arm an Besitz sein, sie erschien mir wunderbar und bezaubernd. Zuvor hatten mich Frauen nur kurzfristig begeistert. Ich hatte mich nicht weiter um sie gekümmert, ein freies Leben geführt, war durch die Welt gereist und hatte dadurch an Erfahrungen und Wissen gewonnen. Nun hatte ich mich auf meinem ererbten Landgut niedergelassen, sortierte meine

Sammlungen, philosophierte und kümmerte mich um die Landwirtschaft auf meinem Besitz. Ich stand mit meinen 45 Jahren sozusagen im besten Mannesalter und spürte, dass mir eine gleichgesinnte Gefährtin fehlte. Auf Liebschaften hatte ich keinen Appetit mehr. Ich mochte die Sicherheit und Gemütlichkeit erleben, die ein gemeinsames Zuhause bereiten kann. Auch an Kinder dachte ich plötzlich.

Die Aufmerksamkeit, die mir die älteste Tochter unseres Pfarrers, Miss Emma, entgegenbrachte, bereitete mir Unbehagen. Sie war zwar gefühlvoll, sanft und verständig, aber sie zog mich nicht an. Es bleibt ein Rätsel, warum man eine Person anziehend findet und eine andere nicht. Mochte Emma die schönste und edelste aller Frauen Englands sein, ihr Anblick ließ mein Herz nicht schneller schlagen.

Um in ihr keine falschen Hoffnungen zu wecken, zeigte ich ihr gegenüber ein abweisendes Verhalten.

Wenn man in der glücklichen Lage ist, sich seine Frau ohne Rücksicht auf Vermögen und Rang wählen zu können, dann sollte man die bevorzugen, die man am meisten liebt. Ich bin selbst erstaunt, dass ich diese Ansicht jetzt so von mir gebe, habe ich doch nie zuvor ernsthaft über die Liebe und Ehe nachgedacht.

Madame Leidens jedoch hätte mich glücklich machen können. Das fühlte ich. In mir war eine Leidenschaft für sie erwacht, die durch Vernunft in mein Herz gekommen war und die ich ihr mit Verstand bekennen mag. Aus Gleichklang des Geistes und Seelenverwandtschaft war in mir Liebe erwachsen. Eine reife spätsommerliche Liebe. Es bereitete mir großen Kummer, dass sie meine Gesellschaft mied und sich an meinen Gesprächen mit Lady Summers nur wenig beteiligte. Meine Nachbarin hatte sie als Gesellschafterin bei sich aufgenommen. Vor allem sollte Madame Leidens sie bei ihren sozialen Projekten unterstützen. Die junge stille Frau war mir als Witwe vorgestellt worden, die unverschuldet in Armut geraten sei. So konnte ich mir den Schleier der Melancholie erklären, der über ihrer Erscheinung und ihrem Wesen lag.

Meist blickte sie in meiner Gegenwart zu Boden und sprach nur mit leiser Stimme, wenn es unumgänglich war. Sie hielt sich zurück und schien besonders den Kontakt zu Männern zu meiden. Mit Bedacht strebte sie Reizlosigkeit und Unauffälligkeit an. Sie stellte sich selbst in den Schatten. Das stand völlig in Kontrast zu dem Verhalten, was ich zuvor bei Frauen erlebt hatte. Mit Lady Summers und Miss Emma unterhielt sie sich lebhafter und ungezwungener. Hatte sie Angst vor Männern? War ihr Gewalt angetan worden?

Ich drängte sie dazu, mir eine Erklärung für ihre getrübte Stimmung abzugeben. Allein, sie schwieg beharrlich. Ich bot ihr meine Hand an, aber sie nahm sie nicht. Ich wusste, dass Lady Summers meinen Antrag unterstützte. Warum lehnte meine Erwählte ihn ab? In mir stieg der Verdacht auf, dass sie vielleicht gar keine Witwe sei und an einen Schurken gebunden war.

Meine Gedanken wurden unterbrochen, als es plötzlich an der Haustür klopfte und Lady Summers aufgeregt zu mir kam. „Haben Sie Madame Leidens gesehen, Lord Rich? Ist sie bei Ihnen?"

„Es wäre schön, wenn sie mich einmal freiwillig besuchen käme. Aber, nein, sie ist nicht bei mir."

„Sie ist seit zwei Stunden spurlos verschwunden. Das ist so gar nicht ihre Art. Der Gärtner sah sie noch in den Park gehen. Sie wollte sich mit Miss Emma treffen und danach Blumen für den Tafelschmuck holen."

„Miss Emma? Ist sie nicht gerade in London?"

„Ja, das ist ja das Merkwürdige. Miss Emma ist gar nicht da. Ich verstehe das alles nicht. Wo steckt Madame Leidens? Sie würde mich doch nicht im Stich lassen, wo ich gerade meine Nichte Daphne mit ihrem Ehemann erwarte. Sie hat Lord Derby letzten Monat geheiratet und will mich nun besuchen. Madame Leidens organisiert das Sommerfest, das ich zu Ehren des jungen Paares veranstalten möchte."

Lady Summers weinte und ließ sich nur schwer beruhigen. Auch sie hatte Madame Leidens fest in ihr Herz geschlossen.

„Haben Sie schon im Park und Dorf nachschauen lassen? Waren Sie im Pfarrhaus? Kommen Sie, wir begeben uns gemeinsam auf die Suche nach der Verschwundenen!"

Lady Summers übergab mir erleichtert die Verantwortung für die Suchaktion. Ich rief die Dienstboten zusammen und befahl ihnen, in der gesamten Umgebung nach der jungen Frau zu schauen. Auch meine Hundemeute ließ ich mitlaufen. Vergeblich, wir fanden sie nicht. Sie hatte sich offenbar in Luft aufgelöst. War sie etwa wegen meines Drängens und Werbens so verschreckt worden, dass sie Summerhall unverzüglich verlassen hatte?

Schließlich gingen wir in ihr Zimmer. Sie hatte es geordnet hinterlassen. Alle ihre Kleider hingen im Schrank. Nichts fehlte, wie das Zimmermädchen bestätigte.

Allmählich machte ich mir Sorgen. Am Parktor entdeckte man Pferdespuren. Eine Kutsche hatte dort gestanden. Der Boden war aufgewühlt.

Auf dem Tisch des Zimmers lag ein Billett, das Sophie in den Park bestellt hatte. Es war mit „Emma“ unterzeichnet. Hier stimmte etwas ganz und gar nicht.

„Hatte Madame Leidens Feinde?“, fragte ich Lady Summers.

„Sie schwieg sich über ihr Vorleben aus. Das wissen Sie ja, lieber Rich. Ich habe schon den Eindruck, dass sie schwere Zeiten durchlebte. Aber sie vertraute sich mir nicht an. Irgendetwas belastet sie.“

Gemeinsam sahen wir ihre wenigen Besitztümer durch. Es ergaben sich keine Hinweise. Beim Durchblättern der zerlesenen Bibel entdeckte ich folgende Inschrift: „Für meine geliebte Tochter Sophie von ihrem Vater Friedrich von Sternheim in inniger Zuneigung. Verlasse Dich nicht auf Menschen, baue auf die unermessliche Güte des Herrn.“

Auf dem Nähtischchen lag ein weißes Taschentuch, bestickt mit den Initialen „S v S.“ Sophie – ja, wer? Sophie von Sternheim. Ich war mir sicher, dass dies ihr richtiger Name war. Ich nahm das Taschentuch an mich und steckte es in meine Tasche.

Inzwischen war das junge Paar eingetroffen und verlangte einen gebührenden Empfang.

Lady Summers fiel es sehr schwer, die Nichte und den neuen Neffen freundlich und zuvorkommend zu begrüßen.

„Es wird sich alles aufklären“, flüsterte ich ihr zu.

Meine Worte beruhigten sie etwas. Sie bat uns alle in ihren gelben Salon. Immer wieder wanderte ihr Blick zu dem Porträtbild von Madame Leidens, das erst kürzlich gemalt worden war. Es zeigt die junge Frau im Garten. Es war dem Maler gelungen, viel von ihrer Anmut und Lebendigkeit einzufangen, die sie sonst zu verbergen suchte. Für den Besitz des Bildes hätte ich viel gegeben.

Dem jungen Paar wurde sogleich die Geschichte vom plötzlichen Verschwinden der Gesellschafterin mitgeteilt. Daphne ließ Mitgefühl mit dem Kummer der Tante spüren. Ihr frischgebackener Ehemann zeigte völliges Desinteresse. Jedoch bemerkte ich, dass seine Blicke immer wieder zum Porträt der jungen Frau wanderten. Diese Diskrepanz ließ mich stutzig werden.

Ich war überhaupt misstrauisch gegenüber dem frisch angeheirateten Neffen, da es sich um meinen entfernten Verwandten Derby handelte – dem schwarzen Schaf der Familie. Nach dem unerwarteten Tod seiner beiden älteren Brüder waren ihm Titel und Besitz zugefallen. Er war in meinen Augen ein Tunichtgut, dem diese gesellschaftliche

Position nicht zustand. Es hatte einen großen Skandal gegeben, nachdem er ein hübsches Londoner Mädchen entführt hatte. Das Mädchen tauchte nie wieder auf. Da sie nicht von Adel war, kam der Fall nicht vor Gericht. Die Familie stattete Derby mit Geld aus und schickte ihn auf das Festland. Dort setzte er sein zügelloses Leben in Paris fort, verdiente seinen Unterhalt an Spieltischen und vergnügte sich mit den Tänzerinnen der Oper. Und plötzlich war er ein Count und hatte als solcher die ehrenwerte Lady Daphne Alton geehelicht. Sie war eine dünne, blasse Blondine mit leicht hervorquellenden blauen Augen. Eine langweilige Person, aber durchaus vornehm und wohltätig. Einen Ehemann wie Derby hatte sie nicht verdient. Keine Frau hatte solch einen bösartigen Taugenichts verdient.

Anscheinend erfreut, kam er auf mich zu und klopfte mir auf die Schulter. „Na, Rich, alter Knabe. Auch wieder im Lande. Hast dich ja lange genug in der Welt getummelt. Nun treffen wir uns hier und können unsere verwandtschaftliche Beziehung wieder aufleben lassen."

Unsere Beziehung? Ich war um einiges älter als er und kannte ihn nur als wilden Raufbold, der meinem Bruder Seymour böse Streiche spielte.

„Kennen Sie die junge Lady, deren Bild sie so unverwandt ansehen?", fragte ich ihn.

Sofort wechselte er die Blickrichtung. „Sollte ich? Was geht mich die verschwundene Gesellschafterin unserer verehrten Lady Summers an? Etwas sehr rührselig, die alte Dame. Dienstboten kommen und gehen. Das ist nun einmal so. Hübsches Gesicht. Vielleicht ist sie mit einem Forsteleven durchgebrannt."

Ich hätte ihn ohrfeigen können, als er so herablassend über sie sprach. Aber ich beherrschte mich. Ein Affront hätte die Suche nach Madame Sophie nur verzögert.

Nach dem Dinner bat ich um eine Unterredung mit Lady Summers. Da Sophie nicht wieder aufgetaucht war, musste ihr etwas zugestoßen sein. Das war meine feste Überzeugung.

„Was kann ich nur tun, um Sophie zu helfen?", fragte die Lady,

„Irgendetwas müssen Sie doch aus dem Leben der jungen Dame wissen? Wo und wie haben Sie sie kennengelernt?"

„Ich lernte sie bei meiner Brunnenkur in Spa kennen. Sie weilte dort als Gefährtin einer Madame Hills. Beide sprachen oft über die Gesindeschule, die sie gemeinsam auf dem Landgut der Hills eingerichtet hatten. Dieses Projekt interessierte mich. Da mir Sophie sehr gefiel und ich ein ähnliches Vorhaben plane, bat ich sie kurz vor meiner Rückreise, mich als Gesellschafterin nach

England zu begleiten. Sophie hatte mir zuvor verraten, dass sie eine Vorliebe für alles Englische habe. Es war nicht leicht, sie zu überreden. Sie ist ein treuer Mensch und wollte auch Madame Hills nicht verletzen. Aber schließlich bekam ich meinen Willen und sie reiste mit mir nach Summerhall. Ich habe sie lieb wie eine Tochter. Bitte, bringen Sie mir die junge Frau wohlbehalten wieder, Lord Rich. Ich flehe Sie an, suchen Sie meine Sophie!“

Ich ließ mir die Adresse von Madame Hills geben, deren Landgut bei Kassel in Deutschland liegt, und begab mich schon am nächsten Tag auf die Suche nach meiner Herzensfrau. Ihr Porträt ließ ich mir geben, um meine Erkundigungen zu erleichtern und mich an ihrem Anblick zu erfreuen.

*

Bei Madame Hills (Lord Rich, Spätsommer, Hessen)

Es war nicht schwer, den Gutshof von Madame Hills, einer reichen Witwe, ausfindig zu machen. Sie war erschrocken, als sie vom Verschwinden unserer Freundin erfuhr. Aber auch bei ihr hatte sich Sophie, ich nenne sie in meinem Herzen so, nicht gemeldet.

„Wie haben Sie Sophie kennengelernt?"

„Über unseren Pfarrer. Mir fiel ein hübsch besticktes Tuch auf, das eines der Mädchen zu einer Taufe mitbrachte. Sie habe durch eine junge Dame Unterweisung im Sticken erhalten, hieß es. Madame Leidens sei ihr Name und sie lebe bei der Pfarrersfamilie. Ich besuchte sogleich den Pfarrer und machte die Bekanntschaft der jungen Dame. Sie machte einen leidenden Eindruck, denn sie war gerade von einem schweren Nervenfieber genesen. Ich konnte sie überreden, mit mir zu kommen. Einerseits wollte ich sie pflegen und mit guter Kost versorgen, andererseits sah ich in ihr die richtige Person, mir beim Aufbau einer Gesindeschule für Mädchen aus der Umgebung zu helfen. Wir haben mittlerweile dreizehn Schülerinnen, die wir je nach Fähigkeit zur Kinderwärterin, Kammerjungfer, Haushälterin, Köchin oder Dienstmagd ausbilden wollen. Ihre eigene Dienerin Rosine unterstützt uns beim Unterricht. Es war ein harmonisches Miteinander. Ich hätte sie gern etwas verwöhnt, ihr die Rechte einer Tochter eingeräumt. Aber das wollte sie nicht. Sie war der Ansicht, dass eigene Besitzlosigkeit den Umgang mit den Schülerinnen erleichtern würde. Sie kann sehr stolz und hartnäckig sein. Ich war traurig, als sie mich verließ. Aber ich wusste, dass sie sehr gern nach England gehen wollte. Sie hat irgendwelche Verwandte dort. Daher ließ ich sie mit Lady Summers gehen. Sie hat es doch gut in England, oder?“

„Gewiss. Lady Summers behandelt sie wie eine Tochter und bietet ihr alle Annehmlichkeiten, die sie aber nur zurückhaltend annimmt. Sie war oft traurig, unsere Madame Leidens. Kennen Sie den Grund?“

Madame Hills schüttelte den Kopf. „Es war merkwürdig. So offenherzig und anteilnehmend Madame Leidens auch war, sie schwieg beharrlich, wenn es um ihre eigene Vergangenheit ging. Aber vielleicht können Sie von Rosine etwas über sie erfahren. Rosine war ihre Zofe. Nach England wollte sie nicht mitkommen. Sie blieb hier und hilft mir in der Schule. Soll ich sie rufen lassen?“

Ich bat darum.

Wenig später saß mir die ehemalige Dienerin der Leidens gegenüber und war sehr erschrocken, als ich ihr vom Verschwinden ihrer Herrin erzählte.

„Oh nein. Sie hat schon so viel Kummer und Leid ertragen müssen. Was mag ihr zugestoßen sein? Sie ist einfach verschwunden?“

„Ja. Sie ist wie vom Erdboden verschluckt. Wir machen uns große Sorgen um sie. Darum forsche ich nach ihrem Verbleib. Hatte sie irgendwelche Feinde?“

Rosine schlug die Augen nieder. Ich merkte, dass sie mir etwas verschweigen wollte.

„Sie müssen mir jetzt alles offenbaren, was Sie wissen, liebe Rosine. Es kann um Leben und Tod gehen.“

„Also gut, aber bewahren Sie bitte Stillschweigen. Das Fräulein hat einen Skandal am Hof zu D. verursacht. Deswegen musste sie fliehen. Sie hat den Fürsten brüskiert, der sie zu seiner Mätresse machen wollte.“

Ich konnte meinen Ohren kaum trauen. Die ehrenwerte Sophie war als Mätresse eines Fürsten vorgesehen gewesen. Das entsprach so gar nicht ihrem Wesen. Hatte sie ihre wahre Natur auf Summerhall verstellt und war jetzt doch an den Hof zurückgekehrt? Oder ließ der erzürnte Fürst sie entführen? Ich war wie vor dem Kopf geschlagen. Skandal bei Hofe?

Nach und nach erzählte Rosine mir die ganze Geschichte.

„Ich wurde von der Gräfin von F. als Zofe für Fräulein Sophie eingestellt. Die Gräfin instruierte mich, dafür zu sorgen, dass das Fräulein stets modisch und adrett, ja auch etwas freizügig gekleidet war. Diese Aufgabe war schwierig, da sich das Fräulein nichts aus Aufputz und Tand machte. Sie mochte schlichte weiße Kleider und zog sich gern selbst an. Aber das ging nicht an. Das Fräulein sollte sich in eine höfische Schönheit verwandeln. Damit sie nicht mehr lesen konnte, was die Frau Tante als unnützen Zeitvertreib bezeichnete, musste ich alle Bücher des Fräuleins wegräumen. Ich gehorchte natürlich, obwohl mir der Kummer des jungen Dings leid tat. Außerdem sollte ich der Tante berichten, wenn ich etwas Auffälliges im Verhalten des Fräuleins bemerkte. Ich sollte also eine Spionin sein, was mir missfiel. Die Tante bezahlte gut. Aber ich hinterbrachte ihr jedoch nichts Nennenswertes. Ich verschwieg sowohl die Aktivitäten zugunsten der heruntergekommenen Familie des Rates T. als auch die schwärmerischen Blicke, die das Fräulein dem jungen Lord Seymour zukommen ließ.

Unter den Dienstboten wurde natürlich geklatscht. Uns war bekannt, dass Sophie für die Rolle der Mätresse des Fürsten vorgesehen war.

Die Tante wollte dadurch an Einfluss gewinnen und einen langwierigen Erbschaftsprozess zu ihren Gunsten beeinflussen. Sophie waren alle diese Intrigen unbekannt. Es behagte ihr nicht in der Residenz. Aber ihr verstorbener Vater hatte verfügt, dass sie für ein Jahr bei den Verwandten bleiben und mit dem Leben am Fürstenhof bekannt werden sollte. Sophie wäre viel lieber auf dem Familienbesitz in Sternheim geblieben und hätte die sozialen Aktivitäten ihrer Eltern fortgeführt. Das Fräulein nimmt ungewöhnlich starken Anteil am Leben der armen Leute und versucht, ihnen mit Rat und Tat zu helfen. Sie wusste, dass eine einmalige Geldzuwendung nicht ausreicht, sondern die Lebenssituation von Grund auf geändert werden muss. Ihr Lieblingsplan war es, arme Mädchen zu unterweisen, damit sie befähigt werden, als ausgebildete Dienstboten ihren Unterhalt zu verdienen.

Einmal hatte sie Freude an ihrem Äußeren. Es wurde ein ländliches Sommerfest veranstaltet. Sie trug ein apartes hellblaues Taftkleid mit schwarzen Streifen. Sie wies mich an, ihr Haar zu einem Kranz aufzustecken. Sie hat wunderschönes lichtbraunes Haar, das in leichten Wellen bis auf den Boden fällt, wenn sie es offen trägt. Ich befestigte Kornblumen und Mohnblüten darin. Sie sah bezaubernd aus.

Anscheinend verlief jedoch das Fest nicht nach ihrem Wunsch, denn sie warf sich nach ihrer Rückkehr weinend auf ihr Bett und verwünschte die Zudringlichkeit des Fürsten und das ungebührliche Verhalten der Männer überhaupt. Sie sagte mehrmals, dass sie niemals mehr einen Blick auf Männer verschwenden wolle und lieber unverheiratet bliebe.

Auch für den letzten Hofball, den sie besuchte, sollte ich sie nach Geheiß der Tante besonders prächtig aufputzen. Sie trug ein kostbares schwarzes Kleid im spanischen Stil. Ich sollte die mit Brillanten besetzten Haarspangen in ihr aufgestecktes Haar befestigen. Die Tante flüsterte mir zu, dass diese ein Geschenk des Fürsten wären. Ich solle diesen Umstand jedoch dem Fräulein nicht verraten.

Sie kam völlig aufgelöst und mit zerrissenem Gewand von diesem Maskenball zurück. Sie befahl mir, niemanden zu ihr zu lassen. Sie fiel in eine fiebrige Hysterie und ließ sich nicht beruhigen. Einzig und allein ein gewisser Lord Derby ließ ihr Blumen und Nachrichten überbringen. Ich hatte eigentlich erwartet, dass sich die Hofdame Fräulein von C. oder Lord Seymour blicken lassen würde. Mit diesen Standespersonen hatte sich meine Herrin angefreundet. Aber auch sie blieben fern. Der Hof distanzierte sich von meinem Fräulein. Die von Derby geschickten Botschaften regten sie mehr auf, als gut für sie war. Schlüpfrige Pamphlete mit Schmähungen und Verleumdungen kursierten in der Residenz. Solch erbärmlicher Schund hätte ihr nie vor Augen kommen dürfen.

Die Verwandten ließen sich nicht blicken, die anderen Dienstboten tuschelten. Das Fräulein habe sich unmöglich benommen und sei in Ungnade gefallen. Sie habe den Fürsten vor dem gesamten Hofstaat beleidigt und beschimpft. Was war bloß vorgefallen?

Lord Derby steckte mir hin und wieder ein Geldstück zu. Ich solle gut auf das Fräulein aufpassen. Das tat ich auch. Zwischen beiden entstand ein reger Briefwechsel, der durch meine Hände ging. Nach einigen Tagen beruhigte sie sich etwas und befahl mir, ihre einfacheren Kleider zusammenzupacken. Ihre Hofkleider sollten zugunsten der Armen verkauft werden. Sie wolle den Antrag von Lord Derby annehmen und ihn in der englischen Botschaft heiraten. Ich solle sie begleiten. Später würden wir ihre Verwandten väterlicherseits in Florenz aufsuchen.

Wie eine glückliche Braut wirkte das Fräulein zwar nicht. Aber ich dachte, dass Lord Derby ein gut aussehender ehrenwerter Mann sei, und hatte daher keine Einwände gegen die Heirat. Mich als

Dienstbotin hatte man sowieso nicht um eine Meinungsäußerung gebeten.

Die Hochzeit in der englischen Botschaft verlief rasch und ohne Aufwand. Der sie trauende Priester erinnerte mich an jemanden. Aber ich war mir unsicher. Nach der Hochzeit fuhren wir zu einem Gasthof in der schwäbischen Alb. Lord Derby verließ uns kurz nach der Ankunft und instruierte mich, gut auf seine junge Gemahlin aufzupassen. Es sollte ihr an nichts fehlen. Er ließ ihr kostbare tief ausgeschnittene Seidenkleider und aufwendige mit Spitzen besetzte Nachtkleider zukommen. Außerdem fügte er französische Liebesromane und orientalisch duftende Parfüms der Sendung bei. Meine Herrin verbrannte die Bücher sogleich und fand auch keinen Gefallen an den Kleidern und Duftwässern. Sie bevorzugte hochgeschlossene weiße Kleider aus Baumwolle und Leinen. Der Lord war gar nicht begeistert, als sie ihn darin empfing. Er hatte wohl eine leidenschaftlichere Ehefrau erwartet. Aber meine Herrin blieb sich treu und ließ sich auf seine amourösen Wünsche nicht ein. Und so entstand zwischen beiden Streit und Verdruss. Der Herr schmollte und grollte, die Herrin blieb kühl und keusch. Nach zwei Wochen hatte der Lord genug von ihr. Er reiste wieder in die Residenz und ließ uns im Gasthof zurück. Später kam ein Brief von ihm, der sie erschütterte und eine erneute Nervenkrise auslöste.

Sie teilte mir später mit, dass der Lord ein Heiratsschwindler sei und die Heirat ungültig wäre.

Nur schwer erholte sie sich von diesem Schicksalsschlag. Sie fühlte sich beschmutzt und entehrt. Der Unterricht, den sie den Töchtern der Wirtin erteilte, lenkte sie etwas von ihrem Kummer ab. Ich redete ihr zu, ihr Schicksal nun selbst in die Hand zu nehmen. Da sie die Einkünfte aus ihren Gütern für drei Jahre den Verwandten zugesprochen hatte, konnte sie nicht nach Sternheim zurück. Ihre Verwandten in Florenz hatten sich nicht gemeldet. Sie stand ganz allein in der Welt. Ich schlug ihr vor, bei meiner mit einem Pfarrer verheirateten Schwester Zuflucht zu suchen. Schließlich konnten wir nicht immer im Gasthof bleiben. Sie wies mich an, alle von Lord Derby stammenden Geschenke, auch den Schmuck und die Geldanweisung, zurückzulassen und nur einzupacken, was ihr gehörte. Dadurch waren wir finanziell eingeschränkt. Das schien meine Herrin nicht zu stören. Sie fand es besser, selbst arm zu sein, wenn sie den Armen helfen wollte.

Leidlich gefasst, trafen wir bei meiner Schwester ein. Da diese mit ihrer Familie nur in beschränkten Verhältnissen lebte, war klar, dass wir nur kurze Zeit dort bleiben konnten. Mein Schwager ermunterte sie, sich wieder dem Leben zuzuwenden. Daher folgten wir gern dem Angebot von Madame Hills und traten in ihre Dienste."

Ich dankte Rosine für ihren ausführlichen Bericht, der mir bewusst machte, dass der Hof von M. etwas mit ihrem Verschwinden zu tun hatte. Außerdem war sie von meinem Vetter Derby schamlos belogen und betrogen worden. Aber dieser hatte als frischgebackener Ehemann sicher kein Interesse daran, sie zu sehen. Es war eher davon auszugehen, dass er ihre Gesellschaft wie die Pest mied, damit seine Schändlichkeit nicht ans Tageslicht kam.

Mit Derby wollte ich später abrechnen. Er sollte nicht ungestraft davonkommen. Nun wusste ich auch, warum die Sternheim meinen Heiratsantrag abgelehnt hatte.

Sicher ließ sich der Fürst Sophies Affront nicht gefallen und wollte Rache an ihr nehmen. Ich beschloss, die deutsche Residenzstadt aufzusuchen und mich dort bei Hofe umzusehen.

*

Sternheim (Lord Rich, Spätsommer, Sternheim)

Unterwegs machte ich Rast in Sternheim, das in einer lieblichen Hügellandschaft gelegen ist. Es ließ sich ja nicht ausschließen, dass Sophie dorthin zurückgekehrt war.

Zum Gutshaus gelangte ich entlang einer Lindenallee. Die Felder waren gut bestellt. Auf den Wiesen grasten Rinder und Schafe. Ein großer brauner Jagdhund kam mir aufgeregt entgegen, zog sich dann aber zurück. Ein kräftiger Mann trat aus dem Wirtschaftshof und fragte nach meinem Begehren. Zuvor streichelte er den Hund und murmelte: „Nun bist du wieder enttäuscht, mein Lieber!" Dann wandte er mir zu. „Der Hund vermutet immer, dass das gnädige Fräulein zurückkommt. Er vermisst sie sehr."

Ich vermisse sie auch, dachte ich.

„Ist die Herrschaft nicht zu Hause?"

„Nein, unser gnädiger Herr verstarb vor einem Jahr. Seine Schwiegermutter, die alte Baronin, kurz darauf. Da wurde unser gnädiges Fräulein in die Residenz geschickt. Und nun hat sie die Einkünfte des Gutes für drei Jahre den grässlichen, Pardon, gräflichen Verwandten übertragen. Die kümmern sich um nichts, aber lassen regelmäßig das Geld abholen. Schreckliche Zustände!"

„Warum hat das Fräulein das getan?"

„Sie wollte sich wohl damit loskaufen von der vornehmen Verwandtschaft. Die haben ihr übel mitgespielt bei Hofe, wollten sie an den Fürsten verschachern. Und nun ist sie spurlos verschwunden. Wir hätten sie schon aufgenommen und versteckt. Warum kam sie nicht zurück?"

„Sie hat Ihnen also in letzter Zeit keine Nachricht zukommen lassen?"

„Die letzte Nachricht kam vor etwa einem halben Jahr. Sie bat mich, das Gut treu zu verwalten und die Erträge dem Sekretär des Grafen Löbau zu schicken. Ich sollte mich aber nicht auspressen lassen, sondern für den Wohlstand des Dorfes sorgen. Der Oberst kümmerte sich um die Dorfleute und das Gesinde. Er war ein großer Wohltäter und vorausschauender Landwirt. Gemeinsam mit seiner Frau, unserer seligen Baronin, baute er hier ein Findelhaus, ein Armenhaus und ein kleines Spital auf. Sie starb leider bei der Geburt des Sohnes und der Oberst blieb mit Fräulein Sophie zurück. Er erholte sich nie von diesem Schicksalsschlag.

Unsere Herrschaften liebten sich sehr. Ja, die Baronin hat auf ihren englischen Uradel gepfiffen und unseren neu geadelten Oberst geheiratet. In den Augen der gräflichen Verwandtschaft war das eine Missheirat, eine Verschleuderung des blauen

Blutes. Aber ich sage Ihnen, die beiden waren glücklich miteinander, blieben der Residenz fern und kümmerten sich um ihren Landsitz. Sie haben unserem Fräulein einen ansehnlichen und geordneten Besitz hinterlassen. Bei seinem Tod hat der Oberst verfügt, dass Sophie für ein Jahr bei den gräflichen Verwandten leben soll. Sie sollte die Residenz kennenlernen und sich dann entscheiden, wie sie leben möchte. Als Hoffräulein oder als Gutsherrin? Und so musste sie uns verlassen. Ich gab ihr mein Wort, dass ich alles mit bestem Wissen und Gewissen verwalten werde, bis sie zu uns zurückkommt. Zum Abschied hat sie mir eine Tabatiere geschenkt. Sie ging an ihrem letzten Tag auf Sternheim von Haus zu Haus und ermahnte jeden zu Fleiß und Rechtschaffenheit."

Mir gefielen seine Treue und Tatkraft.

„Ich habe das Fräulein in England kennengelernt. Aber sie verschwand eines Tages. Nun suche ich sie. Zeigen Sie mir doch bitte das Grab ihrer Eltern!"

Er führte mich auf den Kirchhof. Im Schatten einer mächtigen Buche fand ich dort das Grab des Oberst von Sternheim, seiner geliebten Gemahlin Sophia und ihres kleinen Sohnes Richard. Der graue Grabstein war von Efeu überwachsen. Ich pflückte ein Blatt davon und steckte es in meine Manteltasche.

Sophies Heimat war ein friedlicher Ort. Das gelbe Gutshaus mit den weißen Fensterläden schien auf sie zu warten. So kam es mir jedenfalls in den Sinn.

*

In der Residenzstadt (Lord Rich, Frühherbst, Residenz zu D.)

Als erstes suchte ich die englische Gesandtschaft auf. Man bestätigte mir, dass Onkel und Bruder dort längere Zeit zugebracht hätten. Mein Bruder Seymour habe die Stadt nach dem Maskenball unverzüglich verlassen. Er sei mit einem Sechserzug davongebraust. Eine Extravaganz sondergleichen! Sein auffälliges Verhalten stünde wohl mit dem Eklat auf dem Maskenball im Zusammenhang, wo ein junges Hoffräulein dem Fürsten Kleid und Schmuck vor die Füße geworfen habe. Man munkelte, dass dieses Fräulein zur Mätresse bestimmt gewesen wäre. Also kannte auch mein Bruder Sophie. Hatte er mit ihrem Verschwinden zu tun? Ich kannte ihn zwar eher als einen angepassten, braven Burschen, der Mutter und Onkel gefällig sein wollte. Aber wenn Leidenschaft ins Spiel kommt? Ich hätte alles gewagt, um Sophie aus den höfischen Kreisen, die sich um sie zusammenzogen, zu entführen.

Wegen ihr hätte ich viele meiner Prinzipien über Bord geworfen, trotz oder gerade wegen meines Alters. Einen lupenreinen Diamanten, wie es Sophie war, begegnete man nur ein einziges Mal im Leben. Und diese Chance muss man nutzen, wenn man kein tumber Narr ist.

Auf meine Frage, ob in der englischen Gesandtschaft Trauungen vorgenommen würden, runzelte der Lord Botschafter seine Stirn. „Wir sind doch hier nicht in Schottland. Derartige Moden, um unartigen jungen Leuten heimlich zum Ehestand zu verhelfen, verdamme ich. Seien Sie überzeugt, lieber Lord Rich, in meiner Gesandtschaft wird niemand verheiratet."

Auf die Frage nach Lord Derby sagte er, dass er zwar diesen Windbeutel habe in die Gesandtschaft einladen müssen, da er nun einmal ein Engländer sei, aber nichts von ihm halte. Er sei öfter mit dem Sekretär des jungen Lord Seymour zusammen gesehen worden. Viel Gutes hätten diese beiden sicher nicht ausgeheckt. Überhaupt, dieser Sekretär John, er habe nicht verstanden, warum der junge Lord Seymour den eingestellt habe. Ein blasses Mannsbild, das niemandem gerade in die Augen schauen konnte. Ein ehemaliger Theologiestudent mit Hass auf die Obrigkeit. Merkwürdigerweise sei auch er nach diesem pikanten Eklat auf dem Maskenball spurlos verschwunden.

Ich bohrte nach. Was wusste man in der Gesandtschaft über Sophie von Sternheim und den Skandal?

„Die Sternheim sollte von ihren Verwandten dem Fürsten ins Bett geschoben werden. Das pfiffen die Spatzen von den Dächern. Sie ist ein sehr attraktives Frauenzimmer. So eine anmutige Schönheit! Eigentlich wirkte sie unschuldig wie frisch gefallener Schnee. Aber kenne einer die Frauen. Plötzlich soll sie es sich anders überlegt haben und dem Fürsten mitten im Ballsaal seine werbenden Geschenke vor die Füße geworfen haben. Kurz zuvor hat doch Ihr Bruder Seymour mit ihr gesprochen. Ja, Ihr Bruder war auch vernarrt in das Fräulein. Und der Derby auch. Obwohl sie doch gar nicht seinem Geschmack entsprach. Der hat doch ein Faible für die Tänzerinnen der Pariser Oper."

„Hat mein Bruder eine Liebesbeziehung zu dem Fräulein unterhalten?"

„Woher soll ich das wissen? Ich interessiere mich nicht für die delikaten Abenteuer meiner jungen Leute. Ja, er soll wohl Feuer gefangen haben. Aber Ihr Herr Onkel, hat es nicht gestattet, dass die Sache gedieh. Er schob einen Riegel vor, als er die vorgesehene Rolle der Sternheim erkannte. Und der junge Mann gehorchte. Was blieb ihm übrig? Mylord ist sein älterer Verwandter, sein Vorgesetzter und sein Erbonkel."

Ja, mein Halbbruder war zu Gehorsam und Ehrfurcht vor seinem Onkel, dem Bruder meiner Stiefmutter, erzogen worden. Nach dem Tod unseres Vaters hatte der Onkel ihn zu sich genommen und sein Fortkommen in diplomatischen Diensten gefördert. Ich konnte also zunächst ausschließen, dass mein Bruder etwas mit dem Verschwinden von Sophie zu tun hätte. Er war kein Rebell, sondern ein braver Neffe. Ich musste in Erfahrung bringen, ob Sophie an den Fürstenhof zurückgeholt worden war.

*

Die gräfliche Verwandtschaft (Lord Rich, Frühherbst, Residenz zu D.)

Als erstes wollte ich bei Sophies Verwandten, dem Grafen Löbau und seiner Gattin, vorsprechen. Sie wiesen mich ab, als ich sie besuchen wollte. Die Tante sei unpässlich, der Herr Graf auf seinen Gütern.

Ich traf Graf Löbau jedoch im Reitsaal und musste ihn fast zwingen, mir ein Gespräch über das Fräulein zu gewähren. Die Sache war ihm offensichtlich höchst peinlich.

„Wir meinten es gut mit der missratenen Sophie. Was hatte sie bei Hofe zu erwarten? Sie war durch ihren Vater, den Oberst, deklassiert. Er war ein Emporkömmling gewesen. Ihre mütterliche Abstammung ist zwar untadlig. Ihre Mutter ist doch eine Enkelin von Mylord Watson. Sie hat unter ihrem Stand geheiratet. Der Vater – keinen Tropfen blauen Blutes hatte der wackere Mann in sich. Ich finde die Veradelung dieser Emporkömmlinge vulgär. Dadurch wird unser edler Stand von heiklen Subjekten unterwandert. Ich mochte ihn trotzdem. Er war ein ausgezeichneter Landwirt. Ich selbst habe als Eleve bei ihm gelernt und meine Frau dort getroffen. Aber gesellschaftlich war er ein Nichts und bei Hofe nicht eingeführt.

Trotzdem lud er uns nach seinem Tod die Sophie auf, seine völlig verdreht erzogene Tochter. Meiner Frau kam es hart an, sie zu einer einigermaßen akzeptablen jungen Dame umzuformen.

Man stelle sich nur vor, Sophie wollte ihr Geld an die Armen verteilen und weibliche Personen niederen Standes erziehen. Anstatt sich aufzuputzen, angenehme Konversation zu betreiben, sich am Hofe beliebt zu machen, jagte sie diesen sozialen Hirngespinsten nach. Da sie ein sehr hübsches Frauenzimmer war, erregte sie das Interesse unseres erlauchten Fürsten. Das ist doch eine Ehre für solch ein Fräulein zweifelhafter Herkunft! Ich fand den Plan meiner Frau fürsorglich. Sie wollte Sophie fördern, indem sie sie zur Mätresse aufbaute. Der Fürst hätte ihr dann auch einen akzeptablen Ehemann besorgt, aber das dumme Ding faselte von Ehre und Stolz und ließ doch tatsächlich Durchlaucht auf einem Hofball einfach stehen. Diesen Skandal überleben wir nicht. Wie hat das halsstarrige Mädchen uns doch geschadet. Undank ist unser Lohn! Eigentlich bin ich froh, dass sie verschwunden ist. Wir wollen nichts mehr mit ihr zu tun haben."

Sophie hatte den Verwandten für drei Jahre den Ertrag aus ihren Gütern zukommen lassen. So weit zu ihrem Undank. Aber mir wurde klar, dass dieser aufgeblasene Graf nichts über Sophies Verbleib wusste. Sie hatte den Verwandten nicht mitgeteilt, wohin sie gehen wollte. Und diese hatten keine Nachforschungen betrieben und ihr keine Träne nachgeweint.

*

Das Hoffräulein von C. (Lord Rich, Frühherbst, Residenz zu D.)

Auch bei dem Hoffräulein von C. wurde ich vorstellig, schließlich war sie mir als Sophies Freundin bezeichnet worden. Sie empfing mich zwar, gab sich aber bedeckt und versuchte eher selbst, ihre Neugierde zu befriedigen.

„Sophie war nicht meine Freundin. Wer sich so am Fürstenhof aufführt, kann nicht meine Freundin sein“, versicherte sie mir zu Beginn unseres Gespräches.

Sie musterte mich kokett, als sie mir eine Tasse Tee anbot. Hin und wieder ließ sie ein paar englische Worte fallen. Wenn das Gespräch auf Sophie kam, seufzte sie dramatisch.

„Wie konnte sie bloß so dumm sein! Es war doch klar, was der Fürst von ihr wollte. Wenn sie nicht seine Mätresse werden wollte, hätte sie das beizeiten zeigen müssen und sich auf ihre Güter zurückziehen sollen. Aber ihre Frau Tante ließ ja nicht locker. Schreckliche Leute! Sophie tappte in die Falle, das Lämmchen. Ich denke, dass sie keine Ahnung hatte. Sie lebte bloß für ihre moralische Bildung und ihre sozialen Unterfangen. Das kommt davon, wenn man den falschen Vater hat.“

Sie sah mir dabei lang und bedeutungsvoll in die Augen, zu lang und zu bedeutungsvoll.

Auf meine Frage, wohin Sophie gegangen sein könnte, sagte sie: „Mit rechten Dingen ging das nicht zu. Auf ihre Güter konnte sie nicht. Die Verwandten verabscheuten sie, nachdem ihr Plan gescheitert war. Ihre väterliche Verwandtschaft weilte in Florenz. Sie wollte so gern nach England. Vielleicht ist sie zu ihren dortigen Verwandten gegangen. Oder Lord Derby hat seine Hand im Spiel? Ihm traue ich alles zu. In ihm glühte Leidenschaft für Sophie. Das sah ich ihm an. Unser smarter Lord Seymour war auch in sie verliebt, aber ihm war die Situation zu prekär. Er suchte lieber das Weite, als Sophie den Fürsten brüskierte."

„Kann es sein, dass der Fürst Sophie wieder an den Hof zurückgeholt hat?"

„Ach, das ist ein absurder Gedanke. Natürlich war der Fürst beleidigt und erzürnt. Aber diese Stimmung hielt höchstens drei Tage an. Dann suchte er sich eine neue Spielgefährtin. Sie hatten gerade eine neue Sängerin am Hoftheater engagiert. Diese junge Dame nahm seine Avancen und Geschenke gnädiger auf als Fräulein Sophie."

„Der Fürst kann sie ja auch aus Wut entführt haben und sie in einem Gefängnis festhalten."

„Sie lesen wohl zu viel Räuberromane, bester Lord. Unser Fürst ist ein sehr gemütlicher und nachlässiger Herrscher, kein Despot. Leben und leben lassen, das ist seine Devise. Er ist viel zu träge, um eine gewaltsame Entführung und Einkerkerung der Sternheim vornehmen zu lassen."

Ich erfuhr nichts Neues von Fräulein von C.

Auch über den Hofklatsch hörte ich nichts über eine mögliche erzwungene Rückkehr der Sternheim. Man war eher daran interessiert, Gras über die Sache wachsen zu lassen. Der Fürst fühlte sich als Mann abgewiesen. An diese Blamage wollte er nicht erinnert werden.

Ich wohnte einem Hofkonzert bei und sah, wie er galant der jungen Sängerin den Arm reichte und ihr wohlwollend zuzwinkerte. Diese wiederum versank in einen tiefen Hofknicks und zeigte ihm dabei großzügig ihre reizvolle Büste. Er hatte sich längst getröstet.

*

Ankunft meines Bruders (Lord Rich, Spätherbst, Residenz zu D.)

Einige Tage später traf überraschend mein jüngerer Bruder Seymour in der Residenz ein. Ich hatte ihn gewiss zwei Jahre lang nicht gesehen und war betroffen über sein schlechtes Aussehen. Er war 15 Jahre jünger als ich, lag also quasi noch in den Windeln, als ich auf Reisen ging. Er war sehr vom Bruder meiner Mutter beeinflusst worden, in dessen Gefolgschaft er auch in die deutsche Residenz kam. Unser Onkel war ein echter englischer Edelmann, bodenständig und welterfahren zugleich. Und so hatte er sich der Zuneigung meines Bruders zu dem etwas zwielichtigen Fräulein von Sternheim mit Nachdruck entgegengestellt. Ganz verübeln kann ich es ihm nicht.

Nun war mein Bruder untröstlich über den Verlust des geliebten Fräuleins. Er redete von nichts anderem. Somit wurde mir schon kurz nach unserem Wiedersehen klar, dass in uns beiden die Liebe zu dieser jungen Frau lebte, dass wir sozusagen Rivalen waren.

Ich verriet ihm nichts von meinen Gefühlen für Sophie, während er nicht müde wurde, darüber zu sprechen. Ich ließ Seymour in dem Glauben, dass ich im Auftrag von Lady Summers nach Sophie suchte. Meine eigenen Interessen offenbarte ich ihm nicht. Damit wollte ich erreichen, dass unsere brüderliche Harmonie nicht gestört wurde und wir ohne Rivalität zusammenarbeiten konnten, um sie zu finden. Um Seymour zu beschäftigen, ließ ich ihn seine Eindrücke niederschreiben:

„Ich war ihr auf meiner Kavaliersreise durch die deutschen Fürstentümer begegnet. Mein Onkel und ich hatten in D. Station gemacht. Dort war mir zunächst das Fräulein von C. angenehm aufgefallen und ich hatte mich lebhaft mit ihr während der zahlreichen gesellschaftlichen Anlässe unterhalten. An einem Konzertabend war mir erstmalig das Fräulein von Sternheim begegnet. Sowohl ihre Schönheit als auch ihre Klugheit fesselten mich sofort. Das Fräulein von C. verblasste. Ich suchte ihre Gesellschaft eigentlich nur, um mich auf diese Weise der Sternheim ungezwungen nähern zu können. Sie und die C. hatten sich offenbar angefreundet.

Das Fräulein war etwas über die mittlere Größe; vortrefflich gewachsen; ein länglich Gesicht voll Seele; schöne braune Augen voll Geist und Güte; einen schönen Mund, schöne Zähne. Die Stirne hoch, und, um schön zu sein, etwas zu groß, und doch konnte man sie in ihrem Gesichte nicht anders wünschen. Es war soviel Anmut in allen ihren Zügen, soviel Edles in ihren Gebärden, dass sie, wo sie nur erschien, alle Blicke auf sich zog.

Die Schönheit ihrer lichtbraunen Haare, welche bis auf die Erde reichten, konnte nicht übertroffen werden.

Ich merkte wohl, dass mein Onkel nicht glücklich war über mein erwachendes Interesse an der Sternheim. Ihre Tante tat sich als intrigantes und geldgieriges Frauenzimmer bei Hofe hervor und hatte offensichtlich ehrgeizige Pläne für ihre Nichte. Sie wollte das Fräulein als Mätresse des Fürsten etablieren. Ob diese davon wusste? War sie mit dem Unterfangen einverstanden?

Ich glaubte es damals nicht und heute bin ich mir sicher, dass sie nichts von diesem Arrangement wusste. Bei der Hofkomödie wurde sie dem Fürsten präsentiert. Ich war an diesem Abend sehr unglücklich und wäre gern zu ihr geeilt, aber der Onkel ließ mich nicht von seiner Seite. Die Sternheim gab sich ganz unbefangen trotz der bohrenden Blicke der Hofgesellschaft, die jeden ihrer Schritte verfolgte. Sie vermied es, sich in den Mittelpunkt zu stellen, wohin ihre intrigante Tante sie stetig bringen wollte.

In einem Gespräch verteidigte sie das ruhige Leben auf dem Land und ließ anklingen, dass ihr nicht an den Belustigungen der Residenz gelegen war. Es lag stets eine liebenswürdige Ernsthaftigkeit in ihrem Benehmen und in ihrer Sprache. Es ging ihr nicht darum, von diesem und jenem eine oberflächliche Idee zu erhalten, um damit in der Unterhaltung brillieren zu können. Sie wollte den Dingen auf den Grund gehen und sie verändern, wenn sie ihr missfielen. Obwohl dieses Verhalten für eine junge Frau ungewöhnlich war, zog es mich an. Natürlich nahm ich auch ihre schöne Gestalt, ihre braunen Locken, ihre schönen Augen und die Grazie ihrer Bewegungen wahr.

Eines Abends traten wir alle ans Fenster, um das Prunkschiff des Fürsten zu beobachten, das den Heimathafen erreichte. Die Hofleute zeigten sich entzückt und lobten das Boot in höchsten Tönen. Auf der Stirn des Fräuleins hingegen erschien eine kleine Falte.

„So eine Verschwendung“, sagte sie leise. „Der Hof erstickt an Prunk und Aufwand, während die armen Leute, die dabei zusehen, hungern müssen. Wäre es nicht Aufgabe des Fürsten, hier für Ausgleich zu sorgen?“

Fräulein von C. missfiel diese kritische Äußerung. Ich versuchte zu schlichten:

„Sie müssen den Fürsten nicht verurteilen; man unterrichtet die großen Herren sehr selten von dem wahren Zustand ihrer Untertanen.“

Warum befand sie sich bei Hofe und wurde schamlos feilgeboten?

„Seymour, nimm dich in acht, diese Netze sind nicht vergeblich so schön und so ausgebreitet“, sagte unser Onkel in englischer Sprache zu mir.

Das Fräulein, das in unserer Nähe stand, errötete und gab uns dann zu verstehen, dass sie die englische Sprache beherrschen würde. Ich wäre am liebsten im Erdboden versunken, aber unser Onkel blieb ungerührt. Das Fräulein war über ihre Mutter die Enkelin des alten Lord Watson, also eine halbe Engländerin. Ich profitierte davon, dass alles Englische sie entzückte. Fräulein von C. wollte umgehend auch die englische Sprache erlernen. Während in ihrem Benehmen stets etwas Koketterie mitschwang, erschien mir die Sternheim aufrichtig und zurückhaltend. Kurzum – sie verkörperte mein Frauenideal.

Alle möglichen Grazien, deren die Bildung und Bewegung eines Frauenzimmers fähig ist, sind in ihr vereint: eine holde Ernsthaftigkeit in ihrem Gesicht, eine edle anständige Höflichkeit in ihrem Bezeugen, die äußerste Zärtlichkeit gegen ihre Freundin, eine anbetungswürdige Güte und die feinste Empfindsamkeit der Seele. Niemals, niemals ist mein Herz so eingenommen, so zufrieden mit der Liebe gewesen!

Ich wollte sie aus diesem Fürstenhof retten, sie an mich binden, ihre Tugend und Ehre verteidigen. Hätte ich doch bloß gehandelt, anstatt ihr Tun misstrauisch zu beobachten, ihre Gesellschaft zu meiden, ihrem Herzen Schmerz zu bereiten. Ich fühlte ihre zärtliche Zuneigung, aber gab mir den Anschein, diese nicht zu bemerken. Ich küsste die Fingerspitzen des Fräulein von C. im Mondenschein und wollte doch, dass es die ihren wären.

Aber der Onkel sagte mir, dass sie zur Mätresse des Fürsten bestimmt sei. Daher riet er mir zur Zurückhaltung im Umgang mit ihr. Sollte dieses schändliche Vorhaben an ihrem Willen zunichte werden, sei er bereit, sie um ihrer Tugend willen zu akzeptieren. Aber solange der Hof in ihr die künftige Mätresse sieht und das Fräulein selbst dieser Ansicht nicht in aller Öffentlichkeit entgegenwirkt, wären uns die Hände gebunden. Es sei meine Pflicht, den Triumph der Tugend der Sternheim über die Laster des Fürstenhofes abzuwarten, ehe ich ihr meine Hand und mein Herz anbieten könne.

Ich denke, dass ich mich heute anders entscheiden würde. Ich hoffe es zumindest. Der Onkel ist ein lebenserfahrener Diplomat. Ich wollte ihn keinesfalls enttäuschen. Außerdem gab sie sich dem Fürsten gegenüber oft freundlich, setzte sich zu ihm, spielte ihm etwas auf der Laute vor, bot im Erfrischungen an, lächelte ihm zu. Wie sollte ich dieses Benehmen deuten?

Schlimm ist mir der Abend des ländlichen Balles in Erinnerung. Sie war eine wunderschöne Sennerin in ihrem hellblauen Taftkleid und strahlte voller kindlicher Freude. Man sah ihr an, dass sie das Landleben liebte. Plötzlich bahnte sie sich einen Weg durch die Gesellschaft und betrat den Pfarrgarten. Ich beobachtete aus der Ferne jeden ihrer Schritte. Sie blieb nur kurze Zeit weg. Der Fürst folgte ihr nach. Auch er war im Garten gewesen. Was war dort geschehen? Hatte sie der Pfarrer dem Fürsten zur Linken angetraut?

Ich war so wütend und unglücklich, dass ich es ausschlug, einen englischen Reigen mit ihr zu tanzen. Ich traute ihr alle Falschheit der Welt zu. Wie konnte sie mich harmlos lächelnd anschauen und mit mir über den Grasboden tanzen, wo sie sich doch wenige Augenblicke zuvor mit dem feisten Fürsten vereint hatte.

Sie hatte mich bittend und zärtlich angeschaut, aber ich lehnte das Fürstenliebchen ab, das ich in ihr sah. Ich verweigerte den englischen Reigen, da ich im Kampf zwischen Liebe und Verachtung an ihrer Seite zu Boden gesunken wäre.

Ich wollte nur weg vom Hofleben und niemals wollte ich heiraten. Ihr hätte mein ganzes Leben gehören können, aber sie hatte mich verschmäht und war heiter lächelnd zur Mätresse aufgestiegen. Ich wusste, dass sie den Fürsten nicht liebte, sie war nicht einmal beeindruckt von ihm. Es schien mir im Gegenteil so, dass sie ihn heimlich verachtete. Und trotzdem wollte sie sich mit ihm in Unehre verbinden. Es ging ihr wohl um Geld und gesellschaftliches Ansehen.

Unser Onkel bestärkte mich in meiner Haltung. Ihm galt es nicht viel, dass ein Mädchen sich an einen unwürdigen Fürsten verkaufte. Das kam in der Welt häufig vor. Es lohne sich nicht, darüber länger nachzudenken.

Ich hatte einen Landsmann und Verwandten als weiteren Nebenbuhler um des Fräuleins Gunst. Eines Abends erschien unser entfernter Cousin Lord Derby auf der Bildfläche und begann sofort um die Sternheim zu werben. Ich kannte Derbys schlechten Ruf als Wüstling und Verführer. Hatte er nicht ein blutjunges Londoner Mädchen auf dem Gewissen? Ich sah sie oft mit ihm in ein lebhaftes Gespräch vertieft. Sie mied seine Gesellschaft nicht. Hätte ich sie warnen sollen? Ich kannte doch die Bosheit Derbys seit unseren gemeinsamen Kindertagen. Mir war auch ein Rätsel, warum Derby um sie herumschwirrte. Das tugendhafte Mädchen entsprach ganz und gar nicht seinem Geschmack.

Ich gebe es zu, die Situation überforderte mich damals. Jetzt schäme ich mich dafür und würde mich gern für mein Benehmen bei ihr entschuldigen, ihr mein Verhalten erklären. Nun ist sie verschwunden.

Und dann stieß ich sie unbewusst ins Verderben. Auf dem Maskenball, der am Geburtstag des Fürsten gegeben wurde, sah ich sie, strahlend in ihrer schwarzen spanischen Robe und mit den Juwelen im Haar, die ihr der Fürst geschenkt hatte. Ich war wie von Sinnen, trat auf sie zu und brüskierte sie.

„Haben Sie wegen eines Kleides und ein paar Brillanten Ehre und Tugend mit Füßen getreten? Ich verachte Sie. Von Ihrem Geist und Ihrer Erziehung hätte man Besseres erwartet."

Ihre Reaktion wartete ich nicht ab, sondern verließ den Maskenball und am gleichen Abend sechsspännig auch die Residenz. Durch meinen überschießenden Eifer für die Tugend hatte ich sie ins Elend getrieben. Aus Verzweiflung fasste sie einen verhängnisvollen Entschluss.

Als ich nach vier Wochen in die Residenz zurückkehrte, wusste kein Mensch, wo sie sich befand. Mein Onkel glaubte, dass ich sie entführt hätte. Hätte ich doch bloß den Mut für eine solche Tat aufgebracht!

Der Weg zu ihren Gütern war ihr versperrt worden, bei ihren Verwandten in Florenz war sie nicht angekommen. Sie hatte all ihre kostbaren Kleider zurückgelassen. Die Roben sollten verkauft und der Erlös den Armen gegeben werden. Ihren Verwandten hatte sie in einem Brief mitgeteilt, dass sie an der Seite eines großherzigen Edelmannes die Heimat verlassen hätte. Sie würde drei Jahre fern bleiben. So lang sollte der Erlös ihrer Güter dem Onkel zukommen, damit er seinen unseligen Prozess aufgeben könne. Dieser Abschied entsprach ganz ihrer edlen Gesinnung.

Als ich von ihrer Flucht hörte, war ich zutiefst getroffen. Ich gebe ihr keine Schuld. Wir Männer haben uns an ihrer Unschuld vergangen. Der Fürst, Derby, ihr Onkel und nicht zuletzt ich. Es hätte sie als meine Frau mit mir nehmen sollen. Dann wäre sie in Sicherheit gewesen und alles Leid wäre ihr erspart geblieben. Für mich ist sie trotz allem eine wunderbare Frau, die Schönste und Tugendhafteste von allen. Ich werde sie nie vergessen.

Meine Liebe war verwundet, aber nicht getötet.

Eine Erinnerung steigt in mir auf. Derby und ich blickten wie gebannt zu ihr, als sie ihre Laute nahm und ein Lied, das die Sehnsucht nach ländlicher Freiheit und Ruhe ausdrückte, vortrug. Ich ging still in den Garten und ließ das Lied in mir nachklingen, währenddessen Derby zu ihr trat und mit feurigen Worten ihren Gesang lobte. Ich wollte ihm nicht nacheifern. Dafür war ich zu stolz. Und damit begannen meine Kämpfe und Zweifel. Mein Onkel war eindeutig gegen sie eingenommen. Ich war ihm dreifach verpflichtet: als naher Verwandter, als sein Erbe und als dienstlich Untergebener."

Der Bericht meines Bruders führte mich zu der Ansicht, dass Derby als Schuldiger in Frage kam. Wohl oder übel mussten wir uns an ihn wenden, um Sophie zu finden. Ich hatte auch das Gefühl, dass wir uns beeilen mussten. Zu viel Zeit war seit ihrem Verschwinden vergangen und hatte die Spuren verwischt.

Ich schlug also meinem Bruder vor, gemeinsam nach England zurückzukehren und dort Derby aufzusuchen. Jetzt, da wir einen Plan entwarfen, wuchs meine Tatkraft.

Unterwegs wollten wir in dem gleichen Gasthof Halt machen, wo Sophie von Derby untergebracht worden war.

*

Im Gasthof (Lord Rich, Spätherbst, Baden)

Wir suchten den Gasthof auf, in dem Sophie ihre unselige Ehefarce mit Derby verbracht hatte. Als die Wirtin bemerkte, dass wir Engländer waren, wollte sie uns nicht als Gäste dulden. Nur mit großer Mühe konnte ihr Sohn sie davon abhalten, uns auf die Straße zu setzen. Da sich ein gewisser englischer Lord so schändlich gegen das wunderbare Fräulein Sophie betragen hatte, lehnte sie jeden Kontakt mit Engländern ab.

Sophie hatte zwei Monate im Gasthaus gelebt, drei Wochen davon mit ihrem angeblichen Ehemann. Aus ihren Angaben über das Äußere des Verführers wurde schnell klar, dass es sich um Lord Derby gehandelt hatte. Die Stimmung meines Bruders verschlechterte sich, als wir das Zimmer betraten, wo sie traurige Tage in Unsicherheit und Angst verlebt hatte. Er warf sich weinend auf ihr schmales Bett und ließ nicht locker, bis ihm die Wirtin das kleine Kissen verkaufte, wo Sophies Kopf geruht hatte. Im Zimmer hing auch ein Aquarell, das die Ansicht aus dem Fenster des Gasthofes zeigte und eindeutig von Sophie gemalt worden war.

Trotz ihrer Notlage hatte sie sich um die Ausbildung der Wirtstöchter zu Zofen verdient gemacht.

Das war typisch für mein Mädchen, immer auf Unterweisung und Förderung anderer bedacht.

Ich erfuhr nichts Neues, die Zofe Rosine hatte mir alles wahrheitsgetreu berichtet. Nach Sophies Abfahrt soll Derby nochmals aufgetaucht sein und sich über ihre Flucht erregt haben.

Die Unstimmigkeiten des angeblichen Ehepaares waren auch der Wirtin aufgefallen. Sophie hatte sich mit Nachdruck von Derby distanziert, nachdem dieser unziemliche Forderungen an sie gestellt habe. Was sind unziemliche Forderungen eines Ehemannes? Darf die Ehefrau ihn im ehelichen Bett abweisen? In einer mit Liebe geschlossenen Ehe sollte dies nicht vorkommen. Sophies Verhalten sprach dafür, dass ihrerseits keine Liebe oder gar Leidenschaft bei der Verbindung im Spiel gewesen waren. Sie hatte bei ihm Schutz gesucht und er hatte ihre Notlage ausgenutzt. Vielleicht war ihr gar nicht klar gewesen, dass das Eheleben auch körperliche Aspekte beinhaltete. Auf jeden Fall hatten die beiden ihre Flitterwochen nicht lustvoll miteinander genossen. Das dürfte für Derby eine herbe Enttäuschung gewesen sein. Da es sich nur um eine Scheinehe gehandelt hatte, waren Derbys erotische Ansinnen unrechtmäßig eingefordert worden.

Wir konnten die Wirtin von unseren redlichen Absichten und unsere Sorge um das Wohl Sophies überzeugen. Letztendlich verabschiedete sie uns sehr freundlich und lud uns ein, ihr Gasthaus wieder zu besuchen.

Allerdings konnte sie uns bei der Suche nicht weiterhelfen.

*

Wieder in England (Lord Rich, Winteranfang, London und Greenoak)

Wir standen nun vor der Aufgabe, unseren ehrenwerten Cousin in seinem prächtigen Stadthaus aufzusuchen.

Wir konnten zunächst nur unsere Visitenkarten abgeben, wurden jedoch nicht vorgelassen. Es hieß, dass Mylord unpässlich wäre. Ich war ratlos, was wir nun unternehmen sollten.

Mein Verwalter hatte mir geschrieben und mich gebeten, umgehend auf mein Landgut zu kommen. Es mussten wichtige Entscheidungen bezüglich des Aufforstung und dem Aufbau zweier abgebrannter Gesindehäuser getroffen werden. Ich konnte meinen Bruder überreden, mit mir zu kommen. So würde er den Winter nicht allein oder in Gesellschaft unserer Mutter und unserer Schwestern verbringen müssen. Nur sehr widerwillig gab er die Suche nach Sophie vorerst auf und reiste mit mir nach Greenoak.

Lady Summers war sehr betrübt, als ich ohne unsere Madame Leidens zurückkam. Ich erzählte ihr alles, was ich in Erfahrung gebracht hatte, wobei ich vermied, Lord Derby zu erwähnen. Das hätte die liebe alte Dame zu sehr aufgeregt. Sie sollte in dem Glauben belassen werden, dass sich ihre Nichte Daphne gut verheiratet habe.

So verging der Winter. Wir saßen vor dem lodernden Kamin auf dessen Sims Sophies Bild stand, und hingen unseren Gedanken nach. Mein Bruder wusste nun, dass ich seine Sophie als Madame Leidens kennengelernt hatte. Aber er wusste nicht, wie sehr ich ihr zugetan war.

Er selbst wurde nicht müde, ihre Vorzüge und Reize zu preisen und dann in seufzendes Schweigen zu fallen. Die Ungewissheit über das Schicksal meiner Liebsten ließ mich nicht zur Ruhe kommen. Aber es erschien mir sinnlos, ohne weitere Hinweise und mitten im kalten englischen Winter die Suche fortzuführen.

So saßen wir in unseren Sesseln. Mein Bruder lebte in aller Offenheit für seine Erinnerungen und seinen Schmerz, ich schloss meine Gefühle fest in mir ein.

*

Eine traurige Nachricht (Lord Rich, Frühjahr, Greenoak und London)

An einem Märztag erreichte mich plötzlich ein Brief des Fräulein von C. aus der deutschen Residenz:

„Geehrter Lord,

heute kam über unseren Gesandten in London zu uns die Nachricht, dass die Sternheim verstorben sein soll. Wir saßen gerade an der festlichen Abendtafel. Einen Moment lang verstummte das Geplappere der Hofleute, weniger aus Betroffenheit, sondern eher aus Sensationsgier. Der Skandal um sie war noch nicht vergessen.

Alle sahen zum Fürsten. Die Sternheim hatte ihn auf dem Maskenball vor der versammelten Hofgesellschaft verschmäht und sitzen gelassen. Frohlockte er nun? Nein, er erwies sich ganz als würdiger Gentleman und Landesvater, stand auf und erhob sein Glas: „Ich trinke auf die schönste und tugendhafteste Frau, die mir jemals begegnet ist, auf die unvergessene Sternheim. Wir alle wissen, in welches Unglück sie geriet und nun hat sie uns der Tod entrissen."

Dabei blickte er grimmig zum Grafen Löbau, der am untersten Ende der Hoftafel saß und den Blick verlegen senkte.

Beim Tod des Fräuleins geht es nicht mit rechten Dingen zu. Lord Derby hat gewiss seine Hand dabei im Spiel.

Wir alle bei Hofe wussten, dass ihre Tante, die Gräfin Löbau, aus der Schönheit Sophies Kapital schlagen wollte. Ihr Plan war es, die Sternheim als Mätresse des Fürsten zu etablieren. Zunächst dachte ich, dass die Sternheim Bescheid wusste und nur vorgaukelte, als wäre sie die Tugend persönlich. Aber nach und nach wurde mir klar, dass das Fräulein tatsächlich völlig naiv und unbedarft an den Hof und in die Bredouille geraten war. Ich hätte sie warnen sollen, vor allem vor Derby. Aber ich war eifersüchtig, weil vor allem mein bisheriger Galan, Lord Seymour eine leidenschaftliche Zuneigung zu ihr entwickelte.

Außerdem übertraf sie mich an Schönheit und beherrschte viele Talente, die die Bewunderung der Menschen erweckte. Sie war einfach ein vollkommenes Geschöpf! Was ich von mir nicht behaupten kann. Ich bin ein verarmtes Frauenzimmer aus altehrwürdigem Adelsgeschlecht, aber arm wie eine Kirchenmaus. Meine Ausbildung wurde sehr lückenhaft und oberflächlich betrieben. Mit 17 Jahren wurde ich zu einer Tante in die Residenz geschickt, die an mir unter dem Deckmantel frommer Nächstenliebe ihre schlechte Laune ausließ. Bald bemerkte ich, dass mir nur ein Ausweg blieb. Ich musste meine Jugend und meine Schönheit gut an den Mann bringen.

Das tugendhafte Gerede der Sternheim hielt ich allerdings für Heuchelei. Weil mich der Zwiespalt zwischen ihren häufig geäußerten moralischen Ansprüchen und den unmoralischen Hintergedanken für ihr Auftreten an unserem Fürstenhof interessierte, suchte ich ihre Nähe und wurde schließlich ihre Freundin. Meine finanzielle Situation war prekär, ich musste mir Gönner suchen. Wenn die Sternheim tatsächlich zur Mätresse des Fürsten aufsteigen würde, könnte mir das Vorteile bringen. Das sind keine edlen Gedanken, aber ich habe in der Wahl der Mittel nicht viel Spielraum. Meine hochadlige Abstammung gibt mir Schutz und Ansehen bei Hofe. Der Vater der Sternheim gilt jedoch trotz aller Verdienste als Emporkömmling. Daher war die Sternheim eine Art Freiwild, ohne einen edlen familiären Hintergrund, auf den Rücksicht genommen werden musste. Trotzdem war sie äußerst stolz auf ihren verstorbenen Vater, der ihr allerhand merkwürdige Ideen in den Kopf gesetzt hatte und sie weit über das übliche Niveau der Frauenzimmererziehung gefördert hatte. Ihre Tante ließ nichts unversucht, um das Fräulein zur Lebedame umzuformen. Sie nahm ihr die geliebten Bücher weg und nutzte jede Gelegenheit, sie in den Mittelpunkt einer Geselligkeit zu bringen.

Es widerstrebte ihr, sich vor der ganzen Clique zu präsentieren und zu glänzen. Im kleinen Kreis jedoch konnte sie recht fröhlich sein und sang ländliche Lieder zur Laute.

Ständig machte die Gräfin Löbau ihrer Nichte Vorwürfe wegen ihrer strengen moralischen Ideen, die die Lebensfreude einschränken würden. Das Fräulein wollte unsere Lebensweise nicht. Wir vertändelten unsere Zeit am Morgen vor dem Spiegel und bei der Putzmacherin, am Nachmittag mit Besuchen und am Abend an Spieltischen. Das Fräulein beteiligte sich halbherzig und lehnte sich leider erst auf, als es schon zu spät war. Sie glaubte vielleicht, dass sie uns auf die Pfade der Nächstenliebe allein durch ihr Vorbild führen könne. Aber sie blieb eine Ruferin in der Wüste.

Als Seymour erfuhr, dass die Sternheim zur Mätresse bestimmt war, zog er sich verunsichert zurück und wandte sich scheinbar wieder meiner Gesellschaft zu. Die Sternheim fasste sein Verhalten so auf, dass er mir den Vorzug gab. Ich bestärkte sie in diesen Gedanken und ließ sie glauben, dass ich ein geheimes Einverständnis mit dem Lord hätte. Natürlich war die Sternheim viel zu stolz und empfindlich, um die Situation aufzuklären. Sie litt und seufzte und verfiel in Liebeskummer. Und er litt auch. Ich gebe zu, dass mich diese Situation befriedigte.

Ich zeigte der Sternheim die kalte Schulter und besuchte sie nicht mehr. Ich brach meine Gespräche mit Seymour ab, wenn sie in unsere Nähe kam. Damit wollte ich sie verunsichern, was mir vortrefflich gelang. Sie sollte nur glauben, dass ich die volle Gunst von Lord Seymour genoss.

Ich beobachtete, wie Derby sich der arglosen Sophie näherte. Derby ist ein kaltherziger Verführer und Lebemann. Jede Mutter hätte ihre Tochter vor ihm gewarnt und in Sicherheit gebracht. Die Sternheim hätte den Hof unverzüglich verlassen sollen. Sie war der Intrige nicht gewachsen.

Sie ist ein wunderliches Gemisch von bürgerlichem und adligem Wesen. Einmal ließ sie mich und Derby auf einer Dorfstraße stehen, um einem heruntergekommenen Weibe in ein Wirtshaus zu folgen. Derby vermutete gleich einen amourösen Bezug, aber das Fräulein wollte nur die Wohltäterin spielen. Das Verhalten der Sternheim kam einer Beleidigung gleich. Man muss es mit ihrer Herkunft entschuldigen.

Sie fühlte sich durch das Versprechen an ihren Vater gebunden und ihren Verwandten verpflichtet. Sie wurde von ihrer Tante mit der Ausrede in der Residenz zurückgehalten, dass diese während des Kindbettes Unterstützung benötigen würde. Aber bis heute ist uns keine erneute Schwangerschaft bei der Gräfin Löbau aufgefallen. Wäre

Sophie weniger edel gewesen, sie hätte noch leben können.

Nach ihrem Verschwinden suchte Seymour wieder meine Nähe. Er meinte es jedoch nicht ernst, suchte Trost. Ich wollte nun Besseres und nicht den Kavalier, der die Sternheim im Stich gelassen hatte. Der Fürst zwinkert mir zu. Gestern ließ er mir ein Paar mit Brillanten besetzte Armreifen zukommen. Diese werde ich ihm nicht vor die Füße werfen. Ich befinde mich endlich auf dem Weg ganz nach oben und werde nicht zögern, ihn zu beschreiten. Die kleine Sängerin ist längst entlassen und vergessen.

Denken Sie nicht schlecht von mir, edler Lord. Ich hoffe, dass Sophie doch noch lebt und sich ihr Leben nach ihrem Sinn entwickelt."

Die Nachricht von Sophies Tod traf mich tief. Mein Bruder verfiel in noch tiefere Melancholie.

Lady Summers drängte mich, nun wenigstens den Leichnam des geliebten Mädchens zu ihr zu bringen. War es richtig, dass ich den Winter nicht auf der Suche nach Sophie verbracht hatte? Hatte ich zu früh aufgegeben? War sie wegen meines Zauderns zu Tode gekommen?

Ich haderte heftig mit mir. Aber ich ließ nicht zu, deswegen meine Hoffnungen aufzugeben. Sophie, mein strahlender Stern, konnte und durfte nicht verblichen sein.

Wir begaben uns erneut nach London. Ich hatte die Idee, die Mutter von Nancy Hatton aufzusuchen. Nancy war das Mädchen gewesen, das Derby entehrt und sitzen gelassen hatte, ehe er sich nach Paris begab.

Madame Hatton war eine respektable Witwe. Sie empfing uns in ihrem mit Möbeln vollgestopften Salon und reagierte zunächst unwirsch, als wir sie auf ihre Tochter Nancy ansprachen.

„Nancy, ich habe keine Tochter mit diesem Namen. Ich habe nur einen Sohn mit Namen Thomas. Er ist Jurist in einer sehr angesehenen Sozietät. Es darf nicht der Hauch von Unehre auf ihn fallen."

Nach diesen Worten sah sie mich eindringlich an, nestelte jedoch nervös an ihrer glänzenden Jettperlenkette.

Ich nahm die Herausforderung an, denn ich spürte, dass diese kalte Frau etwas wusste, was mir wichtig sein konnte.

„Ihre arme Tochter ist verstorben. Mein Beileid sei Ihnen gewiss."

Die Frau verlor etwas von ihrer aufgesetzten Würde und antwortete mir widerwillig: „Ja, sie verstarb an einer Erkältung. Sie war zu dünn angezogen gewesen, das dumme Mädchen. Mitten in ihrer fröhlichen Ballsaison kam der Tod und holte sie."

Sie nahm ein spitzenumsäumtes Taschentuch aus ihrem Retikül und betupfte damit ihr Auge.

Ich ließ nicht locker. „Ein solcher Schicksalsschlag! Ich habe ihre Tochter immer bewundert. Sie hatte ein so anmutiges Benehmen."

Etwas Besseres fiel mir nicht ein, denn ich wusste gar nichts über Nancy und hatte sie auch nie gesehen.

Die Witwe fühlte sich geschmeichelt und biss an. Plötzlich war sie ganz trauernde Mutter. „Was hat das ganze vornehme Benehmen, die ganze Schönheit genutzt? Sie schlug unsere Warnungen in den Wind und brannte mit diesem schurkischen Lord nach Schottland durch. Dort hat er sie dann sitzen gelassen, nachdem sie ihm zu Willen gewesen ist."

„Nach Schottland hat er sie entführt, der Elende?"

„In einer einsamen Hütte hat er sie zurückgelassen. Das erfuhr ich von einer gewissen Lady Douglas, die dort mit ihrem Bruder einen Landsitz bewohnt. Ich konnte Nancy nicht helfen. Ich musste an Thomas denken. Und dann war sie auch schon tot."

Wieder trat ihr Taschentuch in Aktion.

Lady Douglas – das war unsere Spur.

Ich verbeugte mich leicht und begab mich unverzüglich zu unserer Großtante Alice, einer der größten Klatschbasen Londons. Sie wusste gewiss etwas über diese Lady und ihren Bruder.

Ich erfuhr, dass Lady Douglas eine hübsche Frau wäre, die von ihrem Bruder Lord Hopton an einen alten widerlichen, aber reichen Lord verheiratet worden war. Der Bruder sei ein haltloser Spieler und Kumpane Derbys. Nun sei sie verwitwet, müsse aber in Schottland leben, um dort für eine neue Heirat aufbewahrt zu werden. Der Bruder wolle verhindern, dass sie sich selbst einen neuen Mann suchen würde. Der Landsitz würde sich im schottischen Bleigebirge befinden.

Nachdem wir diese Information erhalten hatten, versuchten wir einen weiteren Besuch bei Derby und wurden dieses Mal auch vorgelassen.

Unser Cousin sah schlecht aus – ausgezehrt und bleich. Nur auf seinen Wangen lagen rote Flecken. Er lag in seinem Himmelbett und richtete sich mühsam atmend auf, als wir herantraten.

„Was schafft mir die Ehre Eures Besuches, werte Cousins?“, sagte er mit spöttischer Miene.

„Wir wollten uns nach Eurem Befinden erkundigen“, erwiderte ich, mich zu einem höflichen Ton zwingend.

Mein Bruder ballte seine Hände zu Fäusten. Er wäre Derby am liebsten an die Gurgel gesprungen.

Ich sah ihn mahnend an und trat einen Schritt näher an das prächtige Bett heran, auf dessen Betthimmel goldene Eidechsen, das Wappentier der Derbys, eingestickt waren.

„Der Tod schaut schon zum Fenster herein, meine Lieben. Die Tugend wird weinen und der Teufel meine Seele holen."

„Können wir noch etwas für Euch erledigen? Eine Schuld abtragen?"

„Ich wüsste nicht, was Euch meine Schuld anginge, werter Cousin."

„Ich hörte, dass Ihr eine kleine Tochter hinterlasst. Vielleicht wollt Ihr dem Kind etwas zugute kommen lassen."

„Was geht Euch mein Bastard an? Verrecken soll sie im Bleigebirge. Ich habe gut für sie gesorgt. Sie schläft auf Haferstroh und bekommt vom Haferbrot rote Backen. Was will solch ein überflüssiges Geschöpf mehr vom Leben?"

„Habt Ihr nicht neulich eine Gouvernante zu ihr geschickt?"

„Eine Gouvernante? Der Teufel soll sie holen. Wie kommt Ihr auf diese Idee?"

„Das erzählte mir Lady Douglas, die Schwester von Lord Hopton."

„Dieses blöde Weibsbild muss seine Nase überall hineinstecken. Lord Hopton sollte sie schleunigst wieder verheiraten. Da sitzt sie auf Oakstone und lässt ehrliche Menschen nicht in Ruhe."

„Ihr wart doch auch in der Residenz, als ich dort weilte und habt die Bekanntschaft des Fräuleins von Sternheim gemacht. Wisst Ihr etwas über ihren Verbleib?", fragte nun mein Bruder.

„Wenn ich das wüsste, wäre mir leichter ums Herz. Ich mache mir große Sorgen um das Fräulein. Ein süßes, leichtsinniges Ding. Ob sie insgeheim doch die Mätresse des Fürsten geworden ist? Welches Mädchen unklarer Herkunft kann schon widerstehen, wenn eine Hoheit es begehrt? Übrigens, sie war ganz und gar nicht mein Typ, eine Gletscherjungfrau."

Ich fühlte, dass mein Bruder erneut in Wut geriet. Aber ich wollte nicht riskieren, dass unsere Mission gefährdet wurde. Also verabschiedete ich mich rasch und zog meinen Bruder aus dem Schlafgemach.

„Wie kann der Elende es wagen, so über Sophie zu sprechen. Wie kann er es ungestraft wagen?"

„Lass es gut sein, lieber Seymour. Derby wird bald im Himmel gerichtet werden, die irdische Gerechtigkeit greift nicht mehr ein. Auf seinen Wangen blühen schon die Todesrosen. Seine bösen Taten werden ihn bis zu seinem letzten Atemzug verfolgen. Sehen wir lieber zu, dass wir schnell nach diesem Oakstone kommen und Lady Douglas unsere Aufwartung machen."

Wir besorgten uns eine stabile Reisekutsche und fuhren sechsspännig nach Schottland.

*

Aufwartung bei Lady Douglas (Lady Douglas, Frühjahr, Bleigebirge, Schottland)

Das Krachen der Tür, die mein Bruder eben wütend hinter sich zugeworfen hatte, ließ mich zusammenzucken. Seit meiner Kindheit habe ich Angst vor seinen Wutanfällen. Er hatte mein Kätzchen verstümmelt, meine Lieblingspuppe geköpft und mir Kröten unter das Kopfkissen gelegt. Er hatte mich an einen aufgeblasenen, langweiligen Geldsack verheiratet und zuvor meine Mitgift skrupellos an Spieltischen verschleudert. Weil ich Witwe geworden war, hatte er wieder Macht über mich. Er plante gewiss wieder eine gewinnbringende Ehe. Das Alter, der Charakter und das Aussehen des Kandidaten waren ihm dabei völlig egal. Hauptsache, dass wieder Geld in seine gierigen Finger kam, das er dann sinnlos am Spieltisch verlor. Ein ewiger furchtbarer Kreislauf! Er hatte hohe Schulden bei Derby.

Ich nahm meine langweilige Stickarbeit wieder auf. Wildrosen auf blauem Grund für den Salon. Ich musste mich harmlos geben, damit mein Bruder mir meine Eigenmächtigkeiten nicht anmerkte.

Da meldete mir Dickon, mein tattriger Butler, die Ankunft zweier hochgestellter englischer

Lords. Wer konnte das sein? Kamen sie im Auftrag Derbys?

Der ehrenwerte Lord Rich und sein junger Bruder Lord Seymour traten ein und verneigten sich höflich vor mir. Wirklich, zwei groß gewachsene beeindruckende Männer. Der eine mit schwarzer, schon etwas gelichteter Brutusfrisur, der andere mit dichter blonder Lockenmähne. Ich bat sie, Platz zu nehmen, und ließ Tee und Gebäck kommen.

Nach ein paar belanglosen Worten über das raue Wetter in Schottland und etwas Klatsch aus London kam der resolutere Brutus auf ihr Anliegen zu sprechen.

„Wir kommen von unserem bedauernswerten Cousin Derby. Er liegt todkrank darnieder und möchte etwas für seine kleine Tochter tun. Er sagte uns, dass Sie wüssten, wo wir sie finden."

Das hätte bei jedem anderen Mann, der auf dem Sterbebett lag, vernünftig geklungen. Nicht jedoch bei diesem Satan. Er würde sich nie um die kleine Lidy scheren. Ich vermutete eine Falle, wollte aber nichts Unüberlegtes sagen.

„Um Lidy hat sich in den letzten Monaten eine junge Frau aus Deutschland gekümmert. Sie hat auch meine Zofe Mary ausgebildet. Ich lasse Sie gern an den Ort führen, wo Lidy zuletzt gelebt hat. Sie war bei dem invaliden Minenarbeiter untergebracht, der auf der Einödhütte lebt. Es wäre schön, wenn etwas für Lidy getan wird. Sie leben dort in armseligen Verhältnissen."

Lord Rich war nicht ganz überzeugt von meiner Idee, aber er willigte ein, in die Einöde zu gehen. Und dort würde er finden, was er finden sollte.

Die beiden Herren verließen mich und ich konnte mich wieder in meine Stickarbeit versenken. Was gibt es Harmloseres als eine stickende Frau.

*

Am Grabhügel (Lord Seymour, Frühjahr, Bleigebirge, Schottland)

„Zum Andenken ihrer nicht unwürdigen Tochter Sophia von Sternheim"

Ich las die Worte auf dem schlichten Stein, der auf dem frisch aufgeworfenen Grabhügel stand, las sie, konnte sie aber nicht begreifen. Wieder und wieder sagte ich mir, dass es nicht stimmen konnte und durfte, dass meine Sophie durch Böswilligkeit, Rachsucht und Egoismus ums Leben gekommen, vermutlich sogar ermordet worden war. Dieses einmalige strahlende Mädchen sollte auf immer und ewig verloren sein. Neben dem Gefühl des Verlustes kamen Schuldgefühle in mir hoch. Unwiederbringlich war sie fort, meine Herzensfrau. Wäre ich doch selbstbewusster gewesen, hätte ich doch nicht auf meinen Onkel gehört.

Wir waren zu spät gekommen. Vor einer Woche sei sie verstorben, sagte uns der alte Minenarbeiter. Mein Bruder Rich sah mich mahnend an. Ich durfte mich nicht von meinen Gefühlen völlig vereinnahmen lassen. Schließlich wollten wir nun wenigstens erfahren, wie und warum Sophie gestorben war. Aber wollte ich das wirklich? Sollte Sophie nicht besser in Ruhe gelassen werden? Aber mein Bruder war fest entschlossen, den Tod Sophies aufzuklären. Das sah ich an seinem Gesichtsausdruck, der mir seit Kindheit vertraut war. Wenn er diesen aufsetzt, lässt er sich nicht bremsen.

War der Tod durch Gewalt herbeigeführt worden oder war sie an Not und Kummer zugrunde gegangen? Und welche Rolle spielte Derby dabei? Er selbst war wohl kaum in der Lage gewesen, in die schottische Einöde zu fahren und sie dort umzubringen.

Mit Hacken und Schaufeln hatten wir uns um den Grabhügel versammelt. Wie würde ich sie in ihrem Sarg vorfinden? Trug sie Zeichen von Gewalteinwirkung an ihrem schönen Körper?

Ich ging davon aus, dass sie ermordet wurde. Der Minenarbeiter und sein Sohn wirkten unruhig und zögerlich. Sie schauten uns nicht in die Augen. Sie fühlen sich offensichtlich unwohl und schuldig. Würden wir sie als Mörder überführen?

Ich erinnerte mich an diesen Moment, wo sie auf dem ländlichen Fest aus dem Pfarrgarten heraustrat und Derby mir einredete, dass sie sich dort mit dem Fürsten getroffen und ihm zur linken Hand angetraut worden war. Wie war ich niedergeschlagen und wütend zugleich gewesen. Ich konnte mich kaum dazu bezwingen, mit ihr ein paar Figuren des Reigens zu tanzen, und zeigte ihr deutlich meine Verachtung. Später erfuhr ich, dass sie lediglich beim Pfarrer gewesen war, um ihm

Geld für die bedürftigen Mitglieder seiner Gemeinde zu geben.

All der höfische Pomp beeindruckte sie nicht. Ich ließ mich in meinem Verhalten von meinem Onkel und Derby beeinflussen, anstatt auf mein Herz zu hören und das Fräulein in Schutz zu nehmen. Ich habe nicht mit ihr getanzt, ich habe ihre Gesellschaft gemieden. Ich war ein Esel gewesen. Ich konnte ihr nun lediglich zu einem kostbaren Grabstein verhelfen. Als ob sie das nötig hätte.

Mir wurde bewusst, dass mein Herz immer noch der Sternheim gehörte und immer gehören würde. Ich hatte versucht, die zärtliche Verbindung zum Fräulein von C. zu beleben, als mir Sophie verloren schien. Ich beweinte das Schicksal der Sternheim, ihren Verlust und meine verdammte Saumseligkeit, ihre Liebe für mich zu gewinnen. Das Bettkissen, worauf ihre Tränen gefallen waren, kaufte ich dem Sohn der Wirtin ab und nahm es als wertvollste Erinnerung an sie mit. Ich musste mich nun aufraffen, damit wenigstens die Umstände von Sophies Tod ans Tageslicht gebracht werden würden. Ich würde mir an meinem Bruder Rich ein Beispiel nehmen.

Resolut gab Rich den Befehl zum Öffnen des Grabes.

*

Die Öffnung des Grabes (Lord Rich, Frühjahr, Bleigebirge, Schottland)

Ein Sandhügel am Fuße eines einsamen mageren Baumes. Hier fand ich meine Sophie wieder. Ich war fest entschlossen, dass der Bleimienenarbeiter und sein Sohn das Grab öffnen sollten.

Ich musste wissen, wie meine Liebste ums Leben gekommen war. Und ich wollte ihren Leichnam mit nach Summerhall nehmen. Egal, welcher Anblick mich erwartete, ich musste Gewissheit erlangen.

Die Hütte, worin Sophie ihre letzte Lebenszeit verbracht hatte, war armselig. Ein Strohsack hatte ihr als Lager gedient. Den kleinen Winkel, den sie gemeinsam mit Derbys kleiner Tochter Lidy bewohnt hatte, war mit ein paar bunten Klebebildern geschmückt. Die Frau des Mienenarbeiters hatte kein einziges Wort gesagt, nur kummervoll geblickt.

Der alte Arbeiter hatte Sophies Tod bestätigt. Sie sei einem Fieberanfall zum Opfer gefallen. Nun stand er unschlüssig am Grabesrand und machte keine Anstalten, die Schaufel zu heben. Ich entriss sie ihm und begann selbst, die aufgeschütteten Steine beiseite zu räumen.

Er wechselte mit seinem Sohn einen kurzen Blick und sagte dann: „Mylord, dieses Grab ist leer. Wir haben es errichtet, um Madame zu schützen. Madame muss vor Lord Derby und seinem Diener John geschützt werden. Sie trachten ihr nach dem Leben. John kam vor zwei Wochen und wollte Madame mitnehmen. Sie sollte zu Lord Derby gebracht werden, um ihn zu pflegen. Aber sie wollte den Lord niemals wiedersehen und weigerte sich. Da packte er sie und warf sie in den alten Turm in der Nähe. Er schloss sie dort ein und ritt fort. In der Nacht regnete es heftig. Wir konnten Madame erst am nächsten Morgen aus dem Turm befreien. Sie lag fiebernd auf dem kalten Stein. Wir hatten schon alle Hoffnung aufgegeben, da erschien Lady Douglas mit dem Pfarrer. Lidy hatte sie geholt. Die Lady brachte Arzneien, Tee und gute Nahrung für Madame. Schließlich kräftigte sie sich so weit, dass sie nach Oakstone gebracht werden konnte. Wir sollten aber alle im Glauben lassen, dass Madame verstorben wäre. Das verstehen Sie doch sicher, Mylord."

Ich konnte kaum glauben, was mir der alte Mann erzählte. Es bestand Hoffnung, dass Sophie lebte. Lady Douglas hatte uns nicht die Wahrheit gesagt, um Sophie zu schützen.

Mein Bruder Seymour strahlte vor Glück. Wir waren gemeinsam gereist, um Sophie zu finden. Wir waren Brüder, aber nun auch Widersacher. Denn wir liebten sie beide. Am liebsten hätte ich

Seymour zurückgelassen und wäre allein nach Oakstone geritten. Ich musste mein Herz hüten und annehmen, was uns das Schicksal brachte. So fasste ich meinen glücklichen Bruder um die Schulter und ließ unsere Pferde kommen.

*

Die Entdeckung (Lady Douglas, Frühjahr, Bleigebirge, Schottland)

Mein Bruder hatte hohe Spielschulden bei Derby. Und nun hatte ich die todkranke abgelegte Geliebte seines Gönners aufgenommen, und ihren Bastard dazu. Gnade ihnen, wenn Derby dahinterkommen sollte. Er hatte das Frauenzimmer in das Bleigebirge verbannt. Wohl nicht, um in einem Landsitz aufgepäppelt zu werden, sondern um zugrunde zu gehen.

Ich hatte den Pfarrer vorgeschoben, damit ich der Armen helfen konnte. Auf den Pfarrer musste mein Bruder Rücksicht nehmen. Er verkörperte schließlich den Willen Gottes und die öffentliche Meinung.

Ich zögerte den Besuch in der Krankenstube hinaus, mochte nicht in dieses unglückselige Schicksal hineingezogen werden. Aber Derby war so ein Widerling. Warum sollte alles nach seinem Willen gehen? Eine Frau muss der anderen Frau helfen, wenn diese in Not gerät. Das darf ich nie vergessen. Ich hatte damals versäumt, nach der anderen Frau zu forschen, die zuvor in der Holzhütte lebte und dort ein Kind gebar. Ein Kind, das jetzt vier oder fünf Jahre sein musste. Natürlich, Lidy war nicht das Kind der Kranken. Sie war Derbys Tochter mit der Anwaltstochter Nancy

Hatton, die ich einmal weinend im Wald getroffen hatte. Mein Bruder hatte mich damals weggezerrt und die schwangere Frau angebrüllt, dass sie verschwinden solle. Um ein Haar hätte er seinen großen Hund auf sie losgelassen.

Die Kranke saß aufrecht im Bett, durch die Kissen gestützt. Lidy, die eifrig an einem Deckchen stickte, leistete ihr Gesellschaft. Das Kind sprang eilig auf und knickste.

„Hole noch etwas Suppe“, wies ich die Kleine an und setzte mich auf den Stuhl neben dem Bett. Es ging meinem Schützling schon etwas besser. Der Atem rasselte nicht mehr so beängstigend, das Fieber schien gesunken. Das Fräulein sah mich ernst an. „Sie haben mir das Leben gerettet, Mylady. Ich stehe tief in ihrer Schuld. Und nun bereite ich Ihnen überdies Ungemach.“

Ich winkte ab und setzte mich neben das Bett. „Wieso Ungemach? Es ist meine Christenpflicht, mich um Sie zu kümmern.“

„Sie wissen doch gar nicht, wen Sie sich in ihr Haus geholt haben. Ihr Bruder wird mich nicht hier haben wollen, nicht wahr“

Ich seufze. „Mein Bruder schuldet Lord Derby ein Vermögen. Daher unterstützt er ihn bei all seinen dunklen Machenschaften. Aber dieses Mal wird er nicht damit durchkommen. Ich werde Ihnen helfen, so gut ich kann. Es ist mir egal, wer

Sie sind. Ich weiß, dass Sie ein Opfer Derbys sind."

„Ja, Derby ist mein Peiniger. Es war mein Unglück, ihm leichtfertig zu folgen. Als ich mich sicher vor ihm glaubte, schlug er erneut zu. Er trachtet nach meinem Leben, da er meine Liebe nicht bekommt."

„Sie haben sich ihm widersetzt?"

„So tapfer war ich nicht. Er ließ mich sitzen, als er meiner überdrüssig wurde. Ich konnte nicht in mein altes Leben zurück, verunehrt wie ich war. Zum Glück erbarmte sich meiner eine wohltätige Lady. Ich möchte Sie bitten, ihr zu schreiben. Sie wird Ihnen meine Angaben bestätigen und ist sicher bereit, mich und Lidy bei sich aufzunehmen."

Es war sicher das Beste für das Fräulein und mich, wenn ich diesem Vorschlag folgen würde. Ich verabschiedete mich und versicherte nochmals, dass sie sich bei mir in Sicherheit befand.

Beim Diner war mein Bruder in bester Stimmung. „Derby wird bald hinüber sein. Er liegt mit der Franzosenkrankheit darnieder. Dann soll mir einer nachweisen, dass ich ihm etwas schulde."

An das Fräulein oben im Gästezimmer dachte er nicht mehr, auch nicht an eine neue Heirat für mich. Er war glücklich, dass sein Herr und Meister im Sterben lag. Welch erbärmliche Verbindung!

Ich wollte wiedergutmachen, was ich der armen Nancy Hatton antat, als ich mich ihrer nicht annahm, sondern sie ihrem Schicksal überließ. Ich würde Lidy als meine Pflegetochter bei mir aufnehmen. Damit half ich auch Madame Leidens, denn alle Welt würde annehmen, dass die Kleine ihr Bastard sei und ihr diesen Umstand ewig nachtragen. Ich würde mein Erbe einfordern und mich mit Lidy auf meinen Witwensitz zurückziehen.

Soeben wurde mir erneut die Ankunft der beiden Lords gemeldet. Sie haben wohl meine List durchschaut. Hartnäckige Männer, fürwahr. Sie würden sich auch nicht davon abhalten lassen, meine Patientin zu besuchen. Hoffentlich würde sich diese über ihren Besuch freuen.

*

Das Wiedersehen (Lord Rich, Frühjahr, Bleigebirge, Schottland)

In schnellem Galopp ritten wir nach Oakstone und sprachen erneut bei Lady Douglas vor. Wir baten unumwunden darum, dem Fräulein unsere Aufwartung machen zu dürfen. Unseren vorangegangenen Besuch erwähnten wir mit keinem Wort. Nach einer kurzen Weile wurden wir in das Krankenzimmer geführt. Sophie lag dünn und bleich im Bett, wirkte aber nicht todkrank, sondern außer Gefahr. Sie lächelte uns beide an und freute sich offensichtlich über unser Kommen.

„Haben Sie nach mir gesucht, Mylords?"

Seymour sank vor ihr nieder, ich blieb am Fußende des Bettes stehen. In meinem Bruder loderte Leidenschaft für ihre Schönheit und Anmut, ich liebte sie wegen ihres rechtschaffenen und klugen Wesens. Mein Bruder würde zerbrechen, wenn sie ihn abwies.

Ich war aufgrund meines Alters abgehärteter als er und musste mich wohl mit ihrer herzlichen Freundschaft begnügen. Das wurde mir klar, als ich Sophie wiedersah. In ihrer verhüllenden Nonnentracht hatte sie älter gewirkt. Nun sah ich erst, wie jung und süß sie eigentlich war. Jugend gehört zu Jugend. So verschloss ich mein Herz und leistete freiwillig Verzicht.

Ich hätte die Gunst unserer ganzen Familie und vor allem unserer Mutter verloren, wenn ich in Konkurrenz zu Seymour getreten wäre. Mit diesem Wissen machte ich mich sogar zum Werber für meinen jüngeren Bruder. Sophie war von seiner Beständigkeit und Treue nicht vollends überzeugt. Hatte er sie doch im Stich gelassen, als der aufgeblasene deutsche Fürst um sie scharwenzelte. Sie liebte meinen Bruder zwar immer noch, wollte jedoch unverheiratet bleiben und sich um die Ausbildung von Frauenzimmern kümmern. Einerseits mochten die Erfahrungen, die sie in ihrer Scheinehe mit Derby gesammelt hatte, diese Ansicht begründen. Andererseits hatte sich mein Bruder wirklich nicht rühmlich verhalten, als er sie dem Fürsten und Derby ohne erkennbaren Widerstand überließ und lieber flüchtete, anstatt zu handeln. Ob nun meine Reden oder die wahrhaftige Reue und Liebe meines Bruders sie überzeugten, sie willigte schließlich ein, Lady Seymour zu werden. Ich musste stark sein, um den Verlust zu ertragen. Aber ihre Freundschaft war zärtlicher als die Umarmungen anderer Frauen. Die Herbstjahre des Lebens, in denen ich mich befand, würden mich alle reinen Süßigkeiten der Freundschaft mit Ruhe genießen lassen. Die Schönheit ihres Geistes würde mein Eigentum sein. Ich trage zu ihrer Glückseligkeit bei.

Eine schwere Entscheidung (Sophie von Sternheim, Frühjahr, Bleigebirge, Schottland)

Bei der sorgfältigen Pflege, die mir Lady Douglas angedeihen ließ, kam ich allmählich wieder zu Kräften. Ich schmiedete Pläne für die Zukunft. England hatte mich enttäuscht. Lord Derby wollte ich auf keinen Fall nochmals sehen. Er soll sterben. Ich wusste nicht, ob ich ihm würde vergeben können. Ich vergebe. Das sagt sich so leicht dahin. Vergessen erscheint mir wichtiger. Ich musste mit meiner Vergangenheit Frieden schließen. Ich würde das Lebenswerk meiner Eltern fortführen und nach Sternheim zurückkehren. Niemand sollte mir mein Erbe streitig machen. Ich wollte eigentlich unverheiratet bleiben, da ich mich durch meine Scheinehe entehrt fühlte. Aber es kam anders.

Lord Rich und Lord Seymour hatten nach mir gesucht.

Von einem Augenblick zum anderen war ich aus der Rolle der gestrauchelten tragischen Heldin in die der angebeteten Braut zweier ehrenwerter Lords gewechselt. Der eine warf sich im leidenschaftlichen Überschwang mir zu Füßen, der andere stand abwartend an meinem Bettende. Zwei Brüder warteten auf eine Entscheidung.

Lady Douglas redete mir zu, einen der beiden zu erhören.

Auf Sternheim könnte ich meine eigene Herrin sein und mich um eine Mädchenschule kümmern. Aber wäre ein einsames Leben in Erfüllung sozialer Aufgaben nicht etwas traurig? Ich war noch jung. Wollte ich nicht auch Zärtlichkeiten geben und nehmen? Wollte ich nicht auch Akzeptanz durch einen geliebten Lebenspartner fühlen? Und schließlich – wollte ich nicht auch eigene Kinder heranwachsen sehen?

Außerdem hatte ich am eigenen Leib erfahren, dass ledige Frauen entweder als Freiwild für Männer gelten oder ihr Leben als eine kaum beachtete Randexistenz führen. Durch eine Heirat mit einem geachteten Mann gewinnt eine Frau an Wert in den Augen der Welt. Das ist zwar nicht gerecht, aber die Realität. Meine beiden Heiratskandidaten waren stattliche, vermögende und anständige Männer. Ich hatte durch eine Verbindung mit einem von ihnen nichts zu befürchten, sondern ein gutes Leben zu erwarten.

Lord Rich hatte mich auch als schlichte Madame Leidens zur Frau nehmen wollen. Lord Seymour hatte mich als glänzende Dame am deutschen Fürstenhof verschmäht. Rich war beständiger und klüger, Seymour leidenschaftlicher und attraktiver. Seymour war mir von Anfang an lieb und wert. Aber ich glaubte, dass er sich im Einvernehmen mit dem Fräulein von C. befand. Daher hielt ich meine Zuneigung verborgen. Aber jetzt durfte und musste ich meinen Gefühlen folgen.

Eigentlich hätte ich gern beide für mich gewonnen, ich konnte aber nur einem der Brüder mein Ja-Wort geben. Wenn Rich ein alter Mann sein würde, stand ich noch im besten Alter. Rich wäre eher ein Vaterersatz für mich. Dem ungestümen Seymour würde ich gelegentlich auf die Finger klopfen müssen. Er war impulsiv und ließ sich manchmal sehr von seinen Gefühlen leiten.

Schließlich bat Rich um eine persönliche Unterredung, Er warb nicht um mich, wie ich annahm. Nein, er lobte seinen jüngeren Bruder in den höchsten Tönen. Er ließ durchblicken, dass Seymour es nicht verkraften würde, wenn ich ihm eine Absage erteilen würde. Das Schuldgefühl würde ihn vermutlich vernichten. Nur meine Zusage könnte sein Schuldgefühl mir gegenüber verringern und in die liebevolle Stärke eines glücklichen Ehemannes verwandeln. Auch müsse ich die unheilvolle Rolle bedenken, die der allseits geachtete Onkel und Mentor gespielt habe.

„Hätten Sie mich wegen der Ressentiments eines Onkels in der Gefahr allein gelassen, Lord Rich?“ fragte ich ihn geradeheraus.

Er antwortete mir nicht, aber küsste mit Zärtlichkeit meine Hand. „Nehmen Sie den Antrag meines Bruders bitte an, liebste Madame. Sie machen damit nicht nur ihn, sondern viele Menschen glücklich. Auch ich werde an ihrem Glück teilhaben, wenn Sie es mir erlauben."

Nun musste ich mich entscheiden. Jugend gegen Weisheit. Leidenschaft gegen Ernsthaftigkeit. Überschwang gegen Bodenständigkeit. Ich wollte Seymour heiraten, aber auch Rich an mich binden. Wollte ich zu viel?

„Freunde und Vertraute fürs Leben, Lord Rich. Sind sie einverstanden?"

„So soll es sein, meine Liebe", sagte er und verließ mich.

Ich wurde also die Braut des überglücklichen Lord Seymour und die Schwägerin des ernsten Lord Rich.

*

Auf dem Totenbett (Lord Derby, Frühling, London)

Meine Zeit wird knapp. Ich kann meine Umgebung nur noch unscharf erkennen. Auf meinen Beinen blühen die roten Todesrosen. Meine alte Kinderfrau hat immer gesagt, dass sich der Tod durch diese Vorboten ankündigt. Ich bin ganz allein in meinem prunkvollen Schlafzimmer. Die Dienstboten riechen den Tod und haben sich daher ins Untergeschoss verkrochen, damit er ihnen nicht begegnen möge. Meine erlauchte Gemahlin konnte meinen elenden Anblick nicht länger ertragen und ist zu ihrer Tante nach Summerhall abgereist. Auch meine Scheingemahlin Sophie ließ mich im Stich und eilte nicht an mein Siechenlager. Nun werde ich ihr und anderen Opfern meiner wilden Gier wohl im Jenseits begegnen. Wie werden sie mich empfangen? Selbst John, mein skrupelloser Helferhelfer, ist verschollen. Er hat Sophies Tod auf dem Gewissen. Ich wasche meine Hände in Unschuld.

Vom ersten Atemzug an war ich ein enfant terrible. Ich habe keine Lust und Zeit, jetzt noch zu bereuen und Rechenschaft abzulegen. Ich habe gelebt, wie ich wollte. In Sinneslust und Saus und Braus genoss ich meine Zeit und bereue nichts. Spieltische und Lotterbetten waren meine Lieblingsplätze. Ich habe Ränke geschmiedet, betrogen und gelogen. Auf dem Höhepunkt meiner trügerischen Karriere konnte ich die Tugendheldin Sophie dazu bringen, eine Scheinehe mit mir einzugehen. Aber das war ein Pyrrhussieg. Sie erlag meinen erotischen Avancen nicht. Sei's drum! Ein wenig Achtung für meinen Witz und meine Freigiebigkeit und Dank, dass ich sie vor dem Fürsten und den Verwandten gerettet hatte, wären angezeigt gewesen. *Hätte sie mich nur geliebt und ihrer Schwärmerei abgeschworen!*

Am Ende wurde aus dem Hasardeur ein Count. Mir ist es völlig gleichgültig, wer den Titel nach mir erbt. Leider ist es mir nicht mehr gelungen, das Familienvermögen zu verschleudern. Mein Bastard Lidy mag im Bleigebirge verkommen. Ich habe keine Zeit, jetzt überhaupt an die Frucht dieser unseligen Affäre mit Nancy Hatton zu denken. Dummes Ding! Ich habe mir stets den Zufall zunutze gemacht und dadurch mehr gewonnen, als mir ein ganzes Jahr Seufzen und Winseln gebracht hätte.

Kälte kriecht in mir nach oben, der Atem rasselt, die Gedanken verirren sich. Schmerzen verspüre ich keine mehr. Der Kampf ist beendet.

Ich muss mich zusammenreißen, denn ich habe noch eine Mission. Ich taste nach dem Klingelzug und ziehe daran so kräftig, wie ich vermag. Ich muss meinen braven Cousins meinen letzten Willen kundtun.

Langsam schlurft mein Butler William über den Flur und steckt seinen verdrießlichen Kopf durch die Tür. Ich befehle ihm, mir Schreibzeug, Papier und ein Glas Champagner zu bringen. Nur widerwillig holt er das Gewünschte herbei. Faules Pack! Sie arbeiten alle nur noch widerwillig für mich, seitdem sie wissen, dass ich von der Bühne abtreten muss.

Der Champagner hält den Sensenmann einen kurzen Moment auf. Das Schreiben gelingt mir leider nicht mehr. Ich kann nur noch Schemen wahrnehmen. Aber bevor ich ganz in das dunkle Irgendwo verschwinde, diktiere ich William den Brief. Wie umständlich und langsam er schreibt. Fühlt er nicht die Schatten, die sich rings um das Himmelbett versammeln und mich wegzerren wollen? Leider kann ich ihn nicht anbrüllen, nur flüstern:

„Hochgeehrte Lordschaften, viel geliebte Cousins,

wenn Sie diese Zeilen lesen, wird mich der Tod erlöst haben. Einen einzigen Wunsch habe ich noch. Ich hoffe, dass Sie ihn mir erfüllen werden. Ich muss befürchten, dass Sie das edle Fräulein von Sternheim, die große Liebe meines verfehlten

Lebens, nicht mehr lebend antreffen. In geistiger Umnachtung hatte sie mich verlassen, was mich in Ewigkeit schmerzen wird. Sie hat meine Liebe mit Füßen getreten. Trotzdem möchte ich, dass sie an meiner Seite begraben wird. Damit wir unauflöslich vereint sind – über den Tod hinaus. Ich bitte Sie, ihren Leichnam nach Dumfries zu überführen und ihr neben meiner Grabstätte ein kostbares Marmormonument nach meinem Entwurf errichten zu lassen, wie es einer großen Liebe würdig ist. Das soll das Zeichen sein, dass ich ihr alles verziehen habe und sie für alle Ewigkeit als meine Gattin gelten soll. Ja, ich bekenne es. Sie ist die Gattin meines Herzens.

Ich danke Ihnen, teuerste Cousins, für Ihren Einsatz in dieser besonderen Mission. Ich vertraue auf Ihren Edelmut und weiß gewiss, dass ich meine Bitte nicht vergeblich äußerte.

In ewiger Zuneigung
Cousin Derby
Count of Willbrough“

Und so wird noch mein Grabmal zum Ärgernis der Familie. Lady Alton kann gern an meiner anderen Seite ihre letzte Ruhe finden. Das wär’s dann gewesen.

Nichts bleibt. Und alles ist von Dauer.

*

Abgesang (Lady Seymour, alias Sophie von Sternheim)

Den heuchlerischen Brief Derbys, den Rich mir übergeben hatte, warf ich sogleich ins Feuer. Niemals würde ich neben ihm meine letzte Ruhestätte finden.

Manchmal zürnte ich meinem Vater, dass er mich in die Residenz schickte, anstatt mich dauerhaft auf Sternheim leben zu lassen. Manchmal packte mich die Wut auf meinen Verführer Lord Derby und ich knallte mit den Türen. Manchmal reizte mich die Gegenwart meines Ehemannes, wenn ich mich an seinen Wankelmut erinnerte.

Eigentlich traf die Schuld jedoch mich. Was heißt hier Schuld? Es war mein Schicksal, das mich zu der Frau gemacht hatte, die ich heute war.

Wir müssen im Leben Entscheidungen treffen. Auch wir Frauen sollten dabei unseren Verstand einsetzen, gerade weil viele Männer glauben, dass wir keinen hätten. Andererseits sind die Empfindungen von uns Frauenzimmern oft richtiger, als die Gedanken der Männer.

Ich hatte meine Wahl getroffen. Gehorsam reiste ich zu meinen Verwandten in die Residenz, ließ mir die Bücher wegnehmen und sang auf Anweisung Liedchen zur Laute. Ich wurde jedoch nicht das aufgeputzte Liebchen eines aufgeblasenen

Fürsten oder die frivole Partnerin eines durchtriebenen Lebemannes. Im rauen schottischen Gebirge beschloss ich durchzuhalten. Ich nahm Abstand von der Idee, mich als ledige Person um eine Schule für Mädchen und Frauen zu kümmern. Ich entschied mich dafür, Lord Seymour zu verzeihen und seinen Antrag anzunehmen. Und ich ließ es mir nicht nehmen, in der Gesellschaft von Lord Rich Rat und Sicherheit zu finden. Aber ich hörte auch auf mich selbst. So wurde ich die Gefährtin zweier Männer und genoss den Verstand und die Weitsicht des einen und die Leidenschaft und Spontanität des anderen. Ich möchte einst zwischen beiden begraben werden. Auf keinen Fall jedoch in Dumfries neben Derby.

Aber ich hoffe, dass mir an der Seite meiner beiden Männer noch eine schöne Lebensspanne vergönnt ist. Muss wahre Tugend bescheiden sein?

Einen guten Rat gebe ich: Nehmen Sie den zum Gefährten, der Sie am meisten liebt und Ihnen seine Liebe am besten beweisen kann. Ich habe doch richtig gewählt, oder?

*

Anhang: Lady Seymours Lebensbericht – verfasst für ihre Kinder

Euer Vater und euer Onkel lassen es nicht zu, dass ich weiter über meine Fehler und Missgeschicke sinniere. Meine Frauenehre wurde wiederhergestellt und die Schmach der Scheinehe vergessen. Auch meine Watson-Familie nahm mich freundlich auf, soweit englische Aristokraten Freundlichkeit erweisen können. Ich sehe in meinem Spiegel Lady Seymour – ein geachtetes Mitglied der englischen Gesellschaft, eine Wohltäterin und bewunderte Schönheit, die demnächst porträtiert werden soll, die Mutter zweier hoffnungsvoller Söhne und einer entzückenden Tochter.

Meinen zweitgeborenen Sohn habe ich Rich überlassen. Er wird sich in ihm einen würdigen Erben erziehen. Und wir beide haben dadurch einen Grund, uns regelmäßig zu treffen. Ich schätze Richs Rat und Seymours Leidenschaft.

Um meinen Kindern und Kindeskindern eine Warnung zu geben, habe ich einen Bericht über mein wechselvolles Leben vor meiner echten Heirat verfasst. Ich hoffe, dass sie sich ihrer Mutter und Großmutter nicht schämen werden.

„Ich möchte mit dem dramatischsten Moment meines Lebens beginnen. John, der abscheuliche

Handlanger Derbys, stieß mich in den alten Turm, der unweit der Hütte stand, wohin mich Derby verbannt hatte. Er schloss ab und verließ mich. Ich konnte nichts sehen.

Dunkelheit und Kälte umfingen mich und raubten mir jeden Lebensmut. Ich tastete mich vorwärts. Die Hände streckte ich aus, da ich nirgends anstoßen mochte. Ich hatte Angst vor der Berührung von Kälte und Feuchtigkeit. Um mich herum war völlige Stille. Keiner befand sich in der Nähe. Auch ich wollte kein Geräusch verursachen und bewegte mich lautlos über den Steinfußboden. Ich war gefangen.

Der Helfershelfer meines abscheulichen Verführers hatte mich gepackt und in den verlassenen Turm gesperrt, nachdem ich ihm mit klaren Worten gesagt hatte, dass ich niemals zu seinem Herrn zurückkehren würde. Lord Derby! Warum konnte er mich nicht in Ruhe lassen? Er hatte mich in die tiefste Einöde Schottlands verbannt, um mich zum Schweigen zu bringen. Mir tat zwar die Nichte meiner Wohltäterin, Lady Summers, leid, dass sie auf so einen schrecklichen Mann hereingefallen war, aber ich hätte nichts zu der Eheschließung gesagt. Lord Derbys Schicksal wollte ich vollkommen und endgültig von meinem trennen.

Recht und schlecht hatte ich in den vergangenen Monaten mit der Bleiminenarbeiterfamilie mein

Leben verbracht. Da die Leute von Derby dafür bezahlt wurden, dass sie mich bewachten und am Leben erhielten, versorgten sie mich. Ich hielt sie zunächst für meine Feinde. Der Mann war durch die schwere Arbeit in den Minen erschöpft. Sie besaßen nur ein steiniges Stück Land, auf dem sie Hafer anbauten. Sie gaben mir ein hartes Strohlager und Haferbrot als Nahrung. Das war keine Schikane, wie ich zuerst dachte. Ich erkannte erst später, dass sie von Natur aus gutherzige Menschen waren, die durch Not in Abhängigkeit geraten waren. Es lag keine böswillige Absicht in ihrem Verhalten. Sie kannten kein anderes Bett als das harte Strohlager und keine andere Nahrung als das grobe Haferbrot. Ich konnte auf eine glückliche Kindheit und Jugend zurückblicken. Sie hingegen hatten ein Leben lang Armut ertragen müssen.

Jede Stunde, da ich mit ihnen vertrauter wurde, verminderte die Bitterkeit meines Grams.

Ich vertrug das grobe Brot zunächst nur schlecht, es lag mir schwer im Magen. Ich hatte gefroren, gehungert und gedürstet. Und das Schlimmste – ich hatte keine vertraute Seele um mich gehabt. Ich verstand die Sprache der Leute anfangs nicht. Sie sprachen nicht das Englisch, das ich kannte. Drei Wochen lang haderte ich in Apathie mit meinem Los. Kann jemand noch tiefer fallen? Ja, er kann. Das war mir in diesem Augenblick noch nicht bewusst.

Bei der Familie lebte auch die fünfjährige Lidy, die uneheliche Tochter Derbys. Sie war mir ein Trost geworden. Ihre Mutter Nancy, die schöne Tochter eines Advokaten, war auch eine der von Derby zunächst verführten, später abgeschobenen Frauen gewesen. Sie hatte in dieser Einöde das Kind ihres schändlichen Verführers zur Welt bringen müssen und war kurz darauf verstorben. Lidy war somit die Tochter meines schlimmsten Feindes. Er kümmerte sich überhaupt nicht um sie, gab kein Geld für ihren Unterhalt. Somit war sie vom Mitleid von Menschen abhängig, die selbst in Armut lebten. Es ist ihnen hoch anzurechnen, dass sie sich um Lidy kümmerten, so gut sie es vermochten. Ihr Vater Derby ignorierte ihre Existenz. Dadurch rückte sie mir nahe. Wir beide waren Derbys Bosheit zum Opfer gefallen.

Das Lächeln des kleinen Mädchens riss mich aus meiner Lethargie. Welche Ironie, sein Kind wurde meine Rettung. Lidy war wehrlos, ich nicht. Ich wollte, Derby zum Trotz, ihre Erziehung in die Hand nehmen und hatte somit eine Aufgabe, ein Ziel, das im Elend aufrichtete. Ziele und Aufgaben helfen mir stets weiter. Ich schuf uns in der Hütte einen kleinen Winkel und unterrichtete sie ein wenig, habe ihr anständiges Benehmen, Lesen und Schreiben und kleine Handarbeiten beigebracht. Sie hingegen half mir, die Sprache meiner Wirte zu verstehen. Natürlich schmiedete ich auch Fluchtpläne. Aber als ich in die weite karge Landschaft um mich herum sah, musste ich sie aufgeben. Es war unmöglich, sich allein und ohne genauere Kenntnis in dieser öden Gegend zurechtzufinden.

Ich kümmerte mich später um die Ausbildung Marys, der Tochter des Minenarbeiters, zur Zofe.

Sie stellte sich sehr gut an. Damit verband ich einen Hintergedanken. Ich hatte erfahren, dass die Hütte auf dem Land des Grafen Hopton stand, einem Freund von Derby. Die verwitwete Schwester des Grafen, Lady Douglas, lebte nach dem Tode ihres Gatten wieder auf dem Familiensitz Oakstone.

Vielleicht konnte sich Mary als Zofe bei ihr bewerben und mir somit die Möglichkeit eines Kontaktes zu dieser Adligen verschaffen. Ich musste jedoch vorsichtig vorgehen, da ich nicht wusste, wie Lady Douglas zu Derby stand. Ja, ich fasste Mut und schmiedete Pläne, um meinem Widersacher zu entkommen. Sein Schicksal war mir gleichgültig, mochte er mit seiner „echt" angetrauten Ehefrau Lady Alton glücklich werden. Aber ich wollte meine Freiheit gewinnen und nach Hause zurückkehren. Mehr erhoffte ich vom

Schicksal nicht. Ich war eine gefallene Frau, die keinen Anspruch auf Liebesglück haben darf. Ich musste Lord Seymour vergessen. So denkt die Gesellschaft. Musste ich diese Gedanken teilen? War ich nicht immer noch Sophie von Sternheim, obwohl ich durch falschen Stolz und Unvorsichtigkeit meine gesellschaftliche Reputation verloren hatte? Ich war Opfer und Schuldige zugleich. Ich hätte kritischer sein müssen und nicht meiner Tante und ihrem Gatten vertrauen dürfen. Ich hätte erkennen müssen, dass Derby keine ehrenwerten Absichten verfolgte. Ich wusste damals nicht, dass sich Tugend vortäuschen lässt. Mit dem Verlassen meiner Heimat begann mein Untergang. Ich war auf das Leben bei Hof durch die Erziehung meines Vaters nicht vorbereitet gewesen. Arglos war ich in jede Falle getappt.

Und wie mich das Leben in der Residenz anödete! Der stetige Durst nach Ergötzlichkeiten, nach neuem Putz, nach Bewunderung eines Kleides, eines Möbels, einer neuen üppigen Speise. Ich bin es gewöhnt, einer Sache ihren eigentlichen Wert zu geben. Die Luxusgüter sind für mich unnötiger Tand.

Über den Winter hatte Derby mir Klebearbeiten geschickt, damit mir nicht langweilig würde!

Lidy und Mary klebten nun mit mir die bunten Bildchen, die modisch gekleidete Damen und Herren zeigten, auf die Pappen. Einst war ich auch so durch die Welt stolziert. Jetzt musste ich mein zum Glück ausladendes weißes Kleid zerschneiden, um überhaupt über Kleidungsstücke zum Wechsel zu verfügen.

Aber ich konnte mit beiden Mädchen nicht meine Probleme besprechen. Wie viele Frauen hat Derby wohl auf dem Gewissen? Ich bin nur eine von ihnen.

Mein Plan ging auf. Lady Douglas stellte Mary als Zofe ein. Sie berichtete von meiner Existenz und weckte das Interesse ihrer neuen Herrin. Sie schickte uns zwei Guineen und kündigte ihren Besuch an.

Ich war voller Hoffnungen und mit fröhlichen Aussichten umgeben, als der Vertraute des Bösewichtes Derby anlangte, um mir den verhassten Vorschlag zu tun, ich sollte mich zu dem Lord nach London begeben.

Der Lord wäre kränklich und halte sich meist in seinem Landhaus in Windsor auf. Wenn ich freiwillig käme und ihn liebte, sei er bereit, sich von seiner Ehefrau, Lady Alton, zu trennen. Sollte ich mich widersetzen, würde er mich endgültig fallen lassen. Das teilte mir der Diener John, der uns einst zum Schein getraut hatte, unumwunden mit. War ich dumm gewesen, als ich diesem Vorschlag nicht zustimmte? Ich hätte gewiss Nutzen daraus ziehen können. Derby wäre nach kurzer Zeit gestorben und ich wäre als seine Witwe eine freie und reiche Countess geworden.

Ich lehnte ab, denn ich konnte den Gedanken nicht ertragen, Derby erneut begegnen zu müssen, ihm irgendwie verbunden zu sein. Lieber wollte ich hier vergessen und begraben sein. Aber diese Alternative war qualvoller, als ich sie mir vorgestellt hatte.

John packte mich wütend am Arm, stieß mich fluchend in den alten Turm und verließ mich. Ich fiel in voller Länge in das mit Schutt und Morast gefüllte Gewölbe. Dabei verletzte ich mich an Gesicht und Händen. Ich blutete heftig aus Nase und Mund. Worauf sollte ich noch hoffen? Entehrt, belogen, weggeworfen und verlassen, wie ich war. Ich fasste nach dem Medaillon, das ich immer bei mir trage. Es war mir als letztes Besitztum geblieben. Es enthält die Bilder meiner Eltern und etwas Erde von ihrem Grabhügel. Früher hatten Edelsteine das Medaillon geschmückt, aber diese hatte ich herausgebrochen und verkauft, um benachteiligte Frauen und Mädchen unterstützen zu können. Durch mein Schicksal habe ich erkannt, dass eine Ausbildung einer Frau und einem Mädchen Sicherheit und Unterhalt geben kann. Daher wollte ich Schulen für sie ins Leben rufen.

Meine Mutter starb im Kindbett, als ich neun Jahre alt war. Meine Eltern hatten sich sehr geliebt. Nach dem Tod meiner Mutter lag immer eine leichte Melancholie über dem tatkräftigen Wesen meines Vaters, da er nie aufhörte, um meine Mutter zu trauern. Ganz in ihrem Sinne hatte er mich erzogen und mich in allem unterweisen lassen, was für ein Frauenzimmer notwendig ist. Neben dem Studium der Religion, der Philosophie, verschiedener Sprachen wurde ich auch im Singen, Tanzen und Lautespielen unterrichtet.

Besonders auf das Tanzen legte mein Vater großen Wert. Er meinte, dass sich die Grazien im Tanz mit einer Person verbinden würden. Daher hielt er mich an, täglich ein paar Tanzschritte auszuführen.

Ich führte meinem Vater mit Unterstützung meiner Großmutter den Haushalt. Besonders intensiv hatte ich die englische Sprache und Geschichte studiert, da meine Mutter aus dem englischen Hochadel, einer Familie Watson, stammte. Daher kommt meine Vorliebe für alles Englische. Vater sollte mit mir nach England reisen und mich den Verwandten vorstellen. Das war ein Traum von mir gewesen. Meine Vorliebe für alles Englische und mein Vertrauen in Engländer wurde mir zum Verhängnis.

Die Ehe meiner Eltern war in den Augen der adligen Gesellschaft eine Mesalliance gewesen. Eine hochadlige Dame heiratet keinen neu geadelten Soldaten. Aber meine Mutter hatte alle Zweifel beiseite gewischt und war ihrem Herzen gefolgt. Ich denke, dass sie ihre Entscheidung für meinen Vater niemals bereute. Was haben die beiden nicht alles bewirkt. In den zwei Dörfern, die zum Besitz meines Vaters gehörten, herrschten gute Sitten und Wohlstand. Ein engagierter Pfarrer wachte über das Seelenheil der Bewohner. Die Armen wurden in einem Arbeitshaus zu sinnvoller Tätigkeit angehalten und materiell unterstützt. Alle Kinder besuchten die gut ausgestattete Schule. Das kleine Findelhaus nahm die unter unglücklichen Umständen geborenen Säuglinge auf. Mein Vater beschäftigte sich auch intensiv mit der Verbesserung der Bewirtschaftung der Felder und Viehweiden. Unser Anwesen entwickelte sich unter der Führung meiner Eltern zu einem Mustergut.

Verschiedene Edelleute kamen, um unter Vaters Führung die Landwirtschaft zu erlernen und den Charakter zu festigen. Auch ein Graf Löbau war unter den Eleven, der bei uns meine Tante Charlotte kennenlernte und später heiratete. So hatte das „Verschleudern“ meiner Mutter dennoch der Stiefschwester den Weg zu einer Einheirat in den höheren Adel eröffnet. Trotzdem hadert Tante Charlotte stets mit ihrem Schicksal. Ihr Charakter ist von Neid und Missgunst geprägt. Mein Vater hatte jedoch verfügt, dass ich für ein Jahr bei ihr leben sollte. Da ich mich wiederum fest am Willen meines Vaters orientierte, ließ ich mich ohne Widerstand in die Hofgesellschaft einführen und bewegte mich dort nach den Vorgaben der Tante.

Die höfischen Kreise bedeuteten meinen Eltern nichts, sie waren miteinander und im Einvernehmen mit ihrer Umgebung glücklich gewesen. Sie brauchten die Residenz und ihre Bewohner nicht.

Mein größter Wunsch war es, das Lebenswerk meiner Eltern fortzuführen. Nur, weil ich eine Tochter bin, brauche ich Vormundschaft, dachten wohl mein Vater und meine Großmutter und bestimmten meinen Aufenthalt bei den Verwandten in der Residenz. In diesem Punkt hat sich Vater geirrt. Meine Verwandten und die Umstände meines Lebens hinderten mich daran, ein Leben nach meinen Vorstellungen zu führen. Warum wird das einer Frau verwehrt?

Es heißt: Wo der Mann Leidenschaft offenbart, zeigt eine Frau Zärtlichkeit. Wird er beleidigt, zeigt er Zorn. Sie hingegen vergießt Tränen. Bei Geschäften zeigt er Stärke und Tiefsinn. Sie kann mit Geschmeidigkeit und Anmut aufwarten. Tritt Unglück ein, so muss er Standhaftigkeit und Mut zeigen, wogegen ihr Geduld und Ergebenheit helfen. Ist das wirklich so?

Der Gedanke an meine Eltern und meine Heimat gab mir etwas Trost. Heftiger Regen kam auf, Wasser lief unter der Tür herein. Ich wurde nass und starr und teilnahmslos. Schwarz schlug es über mir zusammen. Ich resignierte, es gab keinen Ausweg mehr. Ich war zu diesem Zeitpunkt ganz gefasst und dem Augenblicke nah, wo Glück und Elend gleichgültig erschien.

Als ich wieder zu mir kam, lag ich auf meinem Strohsack. Lidy saß bei mir und fasste nach meiner Hand. Da ich vor Kälte zitterte, breitete sie mehrere der zerlumpten Wolldecken auf mir aus. Ich hörte Lidys Stimme: „Wir konnten Sie erst holen, nachdem Derbys Diener John fortgeritten war. Ich habe mir solche Sorgen gemacht. Aber wir konnten es nicht wagen, Sie eher zu befreien. Nun werde ich alles tun, damit Sie wieder zu Kräften kommen. Hier, trinken Sie diesen heißen Tee. Er wird Ihnen gut tun.“

Ich fühlte mich sterbenselend und verlangte nach dem Pfarrer, der in Hoptons Dienst steht.

Ich wollte nicht ohne Segen sterben. Der Geistliche kam. Lady Douglas begleitete ihn. Sie betrachteten mich mit Aufmerksamkeit und Mitleid. Ich hielt der Lady mein Medaillon entgegen, um mich als Enkelin von Lord David Watson und

Tochter von Oberst von Sternheim zu legitimieren. Etwas anderes konnte ich nicht vorweisen. Ich hatte ja meine Dokumente nicht dabei, als ich von Summerhall nach Schottland verschleppt wurde.

Ich musste dem Geistlichen und der Lady verdeutlichen, dass sie keine Verbrecherin vor sich sahen, sondern ich durch Intrige und Betrug in diese elende Lage gekommen war. Die Lady wollte mir helfen, mich gleich mitnehmen, aber der Geistliche riet wegen meines schlechten Zustandes zur Vorsicht. Ich bekam einige Stärkungsmittel und Arzneien, die die Lady mitgebracht hatte, und fühlte mich etwas besser.

Aber dann ermattete ich wieder und fiel in unruhigen Fieberschlaf.

Am nächsten Tag ließ mich Lady Douglas zu ihrem Landsitz transportieren. Lidy nahm ich mit mir. Sie gehörte an meine Seite. Ich war nun dank der Güte von Lady Douglas in Sicherheit. Ich lag in einem weichen warmen Bett und trank heiße Hühnerbrühe, die mir Lidy gebracht hatte. Ich musste wieder zu Kräften kommen und der Lady meine merkwürdige Situation erklären. Dabei musste ich vorsichtig sein. Vielleicht war sie mit Derby befreundet und würde mich an ihn verraten. Die Blicke ihres Bruders, der meine Ankunft bemerkte, waren halb verächtlich, halb mitleidig. Er sah Lidy an und kombinierte, dass sie meine Tochter wäre. Eine von seinem Komplizen benutzte Frau mit Bastardtochter! Mit dieser Überlegung tat er mich kaltherzig ab. Die Mutter einer Bastardtochter von Derby gehöre eigentlich nicht unter sein Dach. Ich sei in den Augen der Gesellschaft eine gefallene Frau. Aber wessen Schuld ist das? Diese Frage stellte sich der Lord nicht. Ich wollte Lady Douglas nicht sagen, dass Lidy nicht meine Tochter ist. Ich hörte nicht auf, mich um dieses reizende Mädchen zu kümmern, das mir aus der Depression geholfen hatte. Ich schämte mich nicht dafür, ein Mädchen wie Lidy zu lieben. Bis zum heutigen Tag bin ich mit ihr in Liebe verbunden.

Unser Herz und Verstand sind dem Schicksal nicht unterworfen. Wir können ohne eine adelige Geburt edle Seelen und ohne großen Rang einen großen Geist haben; ohne Reichtum glücklich und vergnügt und ohne kostbaren Putz durch unser Herz, unsern Verstand und unsre persönliche Annehmlichkeiten sehr liebenswürdig sein und also durch gute Eigenschaften die Hochachtung unsrer Zeitgenossen als die erste und sicherste Stufe zu Ehre und Glück erlangen.

Und nun will ich euch die Geschichte meiner Scheinehe erzählen. Möget ihr nie in eine ähnliche Situation kommen.

Anfangs hatte mir Derby missfallen. Er erschien mir wie eine faule Frucht in einer schönen Schale. Später ließ ich mich blenden. Er war Engländer, er sprach geistreich und offenbarte ein angenehmes Wesen. Ich erinnere mich noch gut an unser Gespräch über englische, französische und italienische Gärten und Häuser, das wir während einer Brunnenkur führten. Er war weit gereist und vielseitig interessiert. Rasch skizzierte er einen der Gärten. Ich hob mir die Zeichnung auf, denn sie war mit Kunstsinn und Kenntnis ausgeführt. Besonders freute ich mich über seine Anteilnahme am Schicksal meiner Schützlinge, der in Armut geratenen Beamtenfamilie. Kann jemand von Grund auf verdorben sein, der Mitgefühl für arme Menschen zeigt und diese darüber hinaus tatkräftig unterstützt?

Mich störte jedoch von Anfang an, wie er mich ansah. Es lag keine herzliche Zuneigung in seinem Blick, sondern eher Begierde. Als wäre ich eine Beute. Auch der Fürst hatte diesen Jägerblick, wenn er mich beobachtete. Die Blicke verdarben jeden guten Eindruck, den beide Männer zu machen suchten. Mir war damals völlig unklar, was sie eigentlich von mir wollten. Heute weiß ich es.

Erst jetzt wird mir klar, welches Spiel meine Verwandten spielten. Sie wollten mich, die unstandesgemäße Nichte, meistbietend verschachern. Und sie spielten mich der Leidenschaft eines unwürdigen Mannes zu. Der Fürst imponierte mir überhaupt nicht. Schon sein Porträt, das meine Tante mir bedeutungsvoll zeigte, fand ich fade.

Meine Verwandten präsentierten mich bei jeder passenden und unpassenden Gelegenheit den lüsternen Blicken des Fürsten. Auch wenn er auf einem Thron saß und unzählige hochadlige Ahnen vorweisen konnte, der Fürst war ein Mann ohne Größe und Bedeutung. Er entsprach nicht dem Bild, das mir mein Vater vom „wahren Fürsten" entwickelt hatte. Seine Untertanen interessierten ihn nicht. Er folgte nur seinem Vergnügen. Und dazu gehörte die Jagd auf Wildschweine und auf schutzlose Frauenzimmer.

Seine gefällige modische Erscheinung reizte mich nicht. Der Moschusgeruch, der ihn stets umhüllte, stieß mich ab. Ich schauderte, wenn er mich am Arm oder an der Schulter berührte. Aber ich lächelte brav dazu und überwand mich zu freundlicher Höflichkeit. Ich war von meiner Stiefgroßmutter dazu erzogen worden, das regierende Fürstengeschlecht unkritisch zu achten und zu ehren. Hoher Adel erfordert tiefen Respekt.

Heute wäre ich nicht mehr diese willfährige Marionette. Heute möchte ich nur noch so erscheinen, wie ich tatsächlich bin.

Es fiel mir sehr schwer, ehrerbietig und freundlich zum Fürsten zu sein. Er schwätzte dummes Zeug und verlangte nach meiner Nähe. Ständig ließ er mich irgendwelche Leckerbissen kosten und wollte wissen, wie sie mir mundeten. An seiner Seite schmeckte mir alles fade. Die Tante trug mir auf, für das Wohlbefinden des Fürsten zu sorgen. So musste ich auch auf dem ländlichen Fest neben ihm Platz nehmen und ihm einen Becher Sorbet reichen. Schließlich war er unser Landesherr. Ich konnte ihm entkommen, da ich mich den Tänzern zugesellte. Seine Majestät war viel zu beleibt, um ein rasches Tänzchen zu wagen.

Dieses Fest begann so freundlich für mich und endete so schmerzlich.

Es war Grasboden, den ich betrat, Bäume, unter deren Schatten ich eine Schüssel Milch verzehrt, frische Luft, was ich atmete, ein heiter offener Himmel um mich her, nur zwanzig Schritte von mir ein schöner Bach und wohlangebaute Kornfelder!

Ich fühlte mich frei und in meinem angeborenen Element. Dann aber sah ich die zerlumpten Gestalten der Dorfleute, die dem Fest von weitem zusahen. Kurz entschlossen lief ich auf das Pfarrhaus zu, um dem Pfarrer etwas Geld für die Armen zu spenden. Als ich wieder zur Festgesellschaft zurückkam, bemerkte ich eine Änderung im Verhalten der Hofleute. Sie sagten mir alle schicklichen und unschicklichen Schmeicheleien, als wäre ich eine Person, der man Gefälligkeiten erweisen müsse. Das löste Unbehagen in mir aus. Der Fürst war dummerweise auch im Pfarrgarten gewesen. Wie gut, dass ich ihm dort nicht begegnet war.

Dann sollte englisch getanzt werden. Lord Seymour wurde aufgefordert, mit mir einen englischen Reigentanz vorzuführen. Allein, er schlug es mit verächtlicher Miene aus. Sein Verhalten war mir unerklärlich und verletzte mich zutiefst. Ich ließ mir jedoch nichts anmerken und reichte lächelnd Lord Derby die Hand, der an meine Seite eilte.

Ich wollte Gutes tun und an Klugheit gewinnen. Seymours Verachtung soll mich dabei nicht stören, schwor ich mir. Ich versuchte nicht zu erfahren, warum er sich plötzlich so abweisend verhielt. Das verbot mir mein Stolz.

Manchmal führt Stolz zu schweren Fehlern. Ich fühlte mich allein und verlassen und suchte nicht nach wirklich wohlmeinenden Verbündeten. Ich forschte nicht nach der Wahrheit, die mir gezeigt hätte, auf welchem schmalen Grad ich balancierte.

Dabei waren die Zeichen eindeutig: die Blicke und das Getuschel der Hofschranzen, die Gängelei durch meine Tante, die tätschelnde Hand des Fürsten, der plötzlich auftauchende Schmuck. Ich hätte die Flucht ergreifen müssen.

Stattdessen setzte ich alle meine Hoffnungen auf die Rückkehr meiner Tante Susanna aus Italien. Sie ist eine jüngere Schwester meines Vaters und mir sehr zugetan. Sie würde mich von diesem widerwärtigen Hofleben wegbringen, wenn sie von ihrer Hochzeitsreise zurückkam. Das hatte sie mir versprochen. Aber zu meiner Verzweiflung kam sie nicht, sie verweilte in Florenz. Sie war schwer erkrankt, wie ich später erfuhr.

Sehr kümmerte ich mich um die Familie des ins Unglück gekommenen Rates T. Seine sechs Kinder dauerten mich. Ich musste die Hilfe des Fürsten in Anspruch nehmen, um dem Rat zu einer neuen Stellung zu verhelfen. Das Hilfegesuch kostete mich Überwindung. Aber nur eine Anstellung konnte helfen, mit gelegentlichen Geldgaben konnte die Situation dieser Leute nicht dauerhaft verbessert werden.

Anlässlich eines Hofkonzertes, auf dem ich nach Maßgabe meiner Tante einige Liebeslieder singen musste, zeigte ich Einsatz und folgte dem Wunsch des Fürsten, ihn bei einem Gang durch die Prunksäle zu begleiten. Dieser Gang war eine wahre

Tortur, denn die Hofleute ließen uns nicht aus den Augen. Jede kleine Geste bekam eine unerhörte Bedeutung. Wenn er meine Hand umfasste oder gar zu küssen versuchte, war das wohl für sie der Beginn meiner Laufbahn als fürstliche Mätresse. Der Fürst ließ mich mit Absicht beim Pique gewinnen. Ich wollte das Geld nicht, das er mir zuschob. Ich bestimmte es für meinen Schützling, dem Rat T.. Das sagte ich auch dem Fürsten. Dieser lächelte mich an, wie er es in meiner Gegenwart immer tat. Aber seine begehrlichen Blicke sprachen eine andere Sprache. Ich war für alle nur ein Mittel zum Zweck. Für meine Verwandten zum gesellschaftlichen Aufstieg, für den Fürsten zur Wollust, für Derby zur Eroberung.

Ich sang also das verabredete Lied vor der Loge des Fürsten, der klatschte fröhlich und tanzte entgegen seiner sonstigen Trägheit ein Menuett mit mir. Er wollte mich gar nicht mehr loslassen und tat so, als wären wir im besten Einvernehmen. Ich versuchte, mich loszureißen. Schließlich trat mir eine weiße Maske in den Weg und verdammte mich. Es war euer Vater Seymour, der mir seine Verachtung ins Gesicht schleuderte und mir die Augen öffnete. Ich trug das Kleid und den Schmuck des Fürsten. Diese Offenbarung brachte mich an den Rand des Wahnsinns. Ich warf Kleid und Schmuck von mir und rannte aus dem Ballsaal. Es war mir vollkommen gleichgültig, was der Fürst, meine Verwandten und der gesamte Hof von mir dachten. Ich wollte nur weg, am liebsten nach Sternheim. Aber das schaffte ich nicht. Stattdessen schloss ich mich in meinem Zimmer ein. Nur meine Zofe Rosine kümmerte sich um mich. Ich bekam hohes Fieber und fiel in Panikattacken.

Derby sandte mir Briefchen und Botschaften. Er ließ mir giftige Pamphlete zukommen, in denen über mich gelästert wurde. Diese bösartigen Schriftstücke steigerten meine Verzweiflung. Ich hätte darüber kühlen Blutes hinwegsehen und heimlich nach Sternheim fahren sollen. Aber nein, ich fühlte mich in meiner Ehre gekränkt. Der Spott der Welt zog mich hinunter. In diesem Zustand der scheinbaren Ausweglosigkeit nahm ich Derbys Antrag an. Er wollte mich aus der Misere erretten, indem er mich zu seiner Ehefrau nahm. Und so wurde ich ohne Zeugen und im Geheimen Lady Derby. Jedenfalls dachte ich das.

Ich war Derby dankbar, aber ich liebte ihn nicht. Trotzdem wollte ich ihm eine gehorsame und gute Ehefrau sein. Aber er wollte etwas ganz anderes von mir, was ich ihm nicht geben konnte. Er suchte in erster Linie eine willige und begeisterte Bettgenossin. Ich konnte mich nicht dazu überwinden, diese Rolle zu spielen. Darin wurde ich schuldig.

Ich hatte die Freundschaft eines tugendhaften Mannes gewünscht und dieser mied mich, während mich der Fürst und Derby zu verfolgen anfingen.

Ich verstand nichts von Männern und ihren Gelüsten. Daher erkannte ich nicht die Gefahr, in der ich mich befand. Nur durch Flucht hätte ich mich diesem Netz entziehen können. Aber dazu gehört Mut, den ich damals nicht aufbrachte. Ich blieb also auf den goldenen Polstern des Hoflebens sitzen und ließ die Vernunft und Vorsicht schleifen. Niemand warnte mich, nicht einmal das Fräulein von C. Sie verachteten mich insgeheim als den Spross einer unstandesgemäßen Ehe, um den es nicht schade war.

Eigenliebe, Stolz und Halsstarrigkeit hatten meinen Verstand vernebelt. Derby hatte mich nach der vermeintlichen Eheschließung in ein entferntes Dorf geschickt. Nur meine Zofe Rosine begleitete mich. Er verblieb am Fürstenhof, damit unser geheimes Bündnis nicht bekannt werden sollte. Vier Wochen blieb ich allein und hatte Zeit, meine Lage zu überdenken. Ich schuldete Derby freundlichen Dank, aber er wollte leidenschaftliche Liebe.

Er gab mir einige Bücher mit, die von frivolen Abenteuern handelten. Kurz entschlossen warf ich sie alle ins Feuer. Solche Bücher dulde ich nicht in meiner Nähe. Sie verderben Sitte und Anstand. Der ländliche Aufenthalt wurde mir angenehmer, als ich die zwei Töchter der Wirtin zu unterrichten begann. Mit Rosines Hilfe zeigte ich ihnen, was zu den Fähigkeiten einer Zofe gehören muss. Dieser Unterricht gab mir Trost und Lebensmut. Die Traurigkeit wich von mir.

Dann kam mein Ehegemahl und war unzufrieden mit mir. Ernsthafte Gespräche langweilten ihn, meine Zärtlichkeiten reichten ihm nicht. Er zeigte Eifersucht auf Seymour und war erbost, dass ich seine Bücher verbrannt hatte. Ich weinte und er schmollte verdrossen. Als Ehefrau bin ich ihm Ergebenheit und Dank schuldig, aber in dem mir gemäßen Rahmen. Er versuchte, meine festgesetzten Grenzen zu überschreiten, was ich jedoch nicht dulden wollte. In seiner Rage riss er mir die Kleider vom Leibe. Nur mit Mühe konnte ich ihn zurückweisen. Ich wollte meinen Körper vor ihm nicht entblößen, denn er verschmähte meine Seele. Euer Vater hätte sich nicht so unsensibel verhalten. Das sagte ich Derby auch auf den Kopf zu. Darüber rastete er aus. So verbrachten wir drei unglückliche Wochen miteinander.

Dann reiste er ab und schickte mir nach zwei Wochen einen Brief. In diesem teilte er mir mit, dass er mich verlassen müsse, da ich ihn nicht lieben würde, sondern stets Seymour im Sinne hätte. Er hätte nur meine Hand, aber ich hätte sein Herz betrogen. Da hat er nicht unrecht, aber ich wäre ihm trotzdem eine treue Ehefrau geworden, wenn er sich mir verständnisvoll und in Ehren genähert hätte. Schönheit und Witz haben keine Gewalt über mein Herz, eine feurige Leidenschaft und zärtliche Reden auch nicht, am wenigstens aber Lob über mein Aussehen und meine körperlichen Reize. Ich will die Achtung für die guten Neigungen meines Herzens und für die Bemühungen meines Geistes, um Talente zu sammeln, gewürdigt wissen. *Dies allein rührt mich, weil ich es für ein Zeichen einer gleich gestimmten Seele und der wahren dauerhaften Liebe halte.*

Derby teilte mir mit, dass unsere Eheschließung ungültig wäre. Wer hat nun wen betrogen?

Zunächst war ich völlig verstört und beklagte diesen schändlichen Betrug, der mich um meine Frauenehre gebracht hatte. Meine Situation war aussichtslos. Nach Sternheim konnte ich nicht, da ich es für drei Jahre meinem Onkel überlassen hatte. Zu bekannten Menschen wollte ich meine Schande nicht tragen. Schließlich überredete mich meine getreue Zofe, mit ihr zu ihrer Schwester zu fahren. Derbys Geschenke und Wertbriefe ließ ich zurück. Nur mit begrenzten Mitteln machte ich mich auf den Weg in eine ungewisse Zukunft. Ich dachte mir eine neue Identität aus. Ich nannte mich von nun an Madam Leidens und war eine junge Offizierswitwe. Wie eine Nonne mit unförmigen Leinwandkleidern und großer Haube bekleidete ich mich, denn ich wollte den Lustbarkeiten der Welt entsagen und Männeraugen entgehen. Ich suchte Ruhe und Zufriedenheit auf meinem weiteren Lebensweg. Die Schwester meiner Zofe Rosine hatte einen Pfarrer geheiratet. Sie lebte mit ihm und den fünf Kindern in einer windschiefen Hütte. Sie waren auch mit geringem Einkommen eine glückliche Familie. Ich konnte den Leuten nicht lange zur Last fallen. Der Pfarrer ermunterte mich, mir ein neues Betätigungsfeld zu suchen.

Eigensinn und Unvorsichtigkeit hatten mich zu Kummer und Verächtlichkeit geführt.

Ich zog Bilanz. Was war mir geblieben? Ein reines, unschuldiges Herz, ein klarer Geist, Seelenstärke und gute Neigungen und ein Rest meines Vermögens, um Gutes zu tun.

Und ich hatte durch mein heimliches Bündnis mit Derby und meine Flucht keine Gesetze übertreten und niemandem außer mir selbst geschadet.

Da meine finanziellen Mittel begrenzt waren, musste ich die Diamanten aus den Bilderrahmen um die Porträts meiner Eltern herausbrechen. Mit dem Erlös wollte ich eine Arbeitsschule für Mädchen eröffnen. Das hätten beide mit Sicherheit gebilligt. Meine Pläne wurden einer gewissen

Madam Hills bekannt, die mich zu sich einlud und mich bat, die Schule auf ihren Ländereien zu etablieren und als Gesellschafterin bei ihr zu leben.

Tugend und Talente sind allein die Güter, welche Verhängnis und Menschen nicht rauben können.

Die Heranbildung junger Mädchen gehört zu meinen liebsten Tätigkeiten. Und nun bot sich die Chance, dass ich frei von allen gesellschaftlichen Zwängen zum Nutzen anderer unterrichten konnte. Ich bekam dreizehn Schülerinnen, die ich gemäß ihrer Veranlagung zu Kindermädchen, Kammerjungfern, Köchinnen, Haushälterinnen und Mägden ausbilden wollte.

Madam Hills gewährte mir alle Unterstützung, die ich benötigte. Fast war mir ihre Fürsorge zu viel. Sie ließ mich in allem Komfort leben, als wäre ich ihre Tochter.

Es gereichte meiner Mission jedoch zum Vorteil, wenn ich auch arm war und in Abhängigkeit von der Gunst anderer lebte. Obwohl ich die Kenntnisse hätte, um als eine Art Haushofmeisterin junge Damen höheren Standes auszubilden, war es mir wichtiger, armen Mädchen etwas beizubringen. Dabei geht es nicht um den Erwerb von Gelehrsamkeit, sondern häuslichen Tugenden. Einfache Kenntnisse über Natur und Geschichte reichen aus, um das Wesen der Welt zu verstehen und

Unterhaltungen folgen zu können. Es erschien mir nicht ratsam, die Mädchen über ihren Stand hinaus auszubilden. Was sollten ihnen Klavierspielen, Tanz, fremde Sprachen und Toilettenkünste nutzen?

Eines Tages bat mich Madam Hills darum, einer ihrer Freundinnen eine erneute Eheschließung schmackhaft zu machen. Sie war seit zehn Jahren verwitwet. Nun bewarben sich vier Männer um ihre Hand.

Allein, sie wollte die Freiheit genießen, die sie mit viel Bitterkeit erkauft hatte. Ihre Ehe war unglücklich gewesen, hatte ihr jedoch eine Tochter geschenkt.

Das Glück einer Ehefrau beruht wohl darin, den Ehemann glücklich zu machen. So gab man es mir mit auf den Weg. Die Ehe sollte die sehnlichen Wünsche eines verdienstvollen, angenehmen Mannes krönen, der sich seine Frau nicht wegen äußerer Reize aussucht, sondern um ihrer Gesinnung willen.

„Mein Nacken ist von dem ersten Joch so verwundet worden, dass mich das leichteste Seidenband drücken würde“, sagte die Witwe zu mir. *„Ich habe nicht Herz genug, mich noch einmal auf diesen ungewissen Boden zu wagen, wo die Blumen des Vergnügens so baldmunter dem Nebel der Sorgen verblassen.“*

Ich verstand, was sie meinte. Auch meine Verletzungen saßen tief und schlossen die Gedanken an eine neue Beziehung zu einem Manne aus. Ist es unser Los, andere glücklich zu machen, ohne selbst glücklich zu werden?

Sie widersetzte sich einer neuen Heirat und war zufrieden in ihrer Unabhängigkeit. Ein Lebensmodell, das auch mir vorschwebte. Auf der anderen Seite habe ich die glückliche Verbindung meiner Eltern vor Augen. Sie beglückten sich gegenseitig im Zusammenleben.

Schließlich gelangte ich doch nach England. Madam Hills lud mich ein, sie nach Spa zu einer Brunnenkur zu begleiten. Dort lernte ich Lady Summers kennen, die sogleich meine Freundschaft suchte und mich überredete, auch bei ihr eine Gesindeschule für Mädchen einzurichten. So kam es, dass ich Madam Hills und meine getreue Zofe Rosine verließ und endlich englischen Boden betrat. Die Verlockung war zu groß gewesen, da mir England stets als mütterliche Heimat erschienen war. Meine wahre Identität verschwieg ich. Lady Summers stellte mich in der Umgebung als Person von edlem Herkommen, elternlos, mittellos und verwitwet vor. Auf dieser Basis fasste ich schnell Fuß in Summerhall, las morgens der Lady vor und besorgte ihr den Haushalt. Damit ermöglichte ich meiner Lady ein geruhsames Leben zwischen fliehenden Freuden und ankommenden Schwächlichkeiten, die jenseits des 60. Lebensjahres einzutreffen pflegen. Ich freundete mich mit der ältesten Tochter des Pfarrers Miss Emma, einem sanften, gefühlvollen und mit Verstand begabten Mädchen, an.

In der Nachbarschaft lebte der weit gereiste Edelmann Lord Rich. Er beschäftigte sich mit Naturwissenschaften und Mathematik, arbeitete selbst in Garten und Park und war oft in Asien unterwegs gewesen. Lady Summers suchte seine Gesellschaft, mich machte er verlegen. Er beobachtete mich genau, wobei ihm nicht verborgen blieb, dass ich Geheimnisse in mir trug, die er zu entschlüsseln versuchte.

Miss Emma hatte eine zärtliche Neigung zu ihm gefasst. Ihren dezenten Bemühungen um seine Zuneigung setzte er kälteste Heftigkeit entgegen, gerade, als täte sie ihm Unrecht.

Warum darf ein edeldenkendes, tugendhaftes Mädchen nicht zuerst sagen, diesen würdigen Mann liebe ich? Warum vergibt man ihr nicht, wenn sie ihm zu gefallen sucht und sich auf alle Weise um seine Hochachtung bemüht?

Stattdessen bemühte er sich um meine Gunst. Da es mir nicht möglich war, seine Liebe anzunehmen, vermied ich alles, um seinen Beifall zu gewinnen und Öl in das glimmende Feuer zu gießen.

Aber vergebens. Er war nicht davon abzubringen, dass nur ich allein ihn glücklich machen könnte. Er gefiel mir, aber ich war fest dazu entschlossen, keine Beziehung zu einem Mann einzugehen. Auch nicht zu dem ehrenwerten, vielseitigen, klugen Lord Rich.

Lady Summers unterstützte natürlich seine Werbung. Sie vertrat die Ansicht, dass ein ehrbares Frauenzimmer entweder bei nahen Verwandten oder unter dem Schutz eines würdigen Mannes leben müsse. Als er mich umwarb, wurde mir die schwere Bürde meiner Erfahrungen bewusst. Ich musste vieles verleugnen, was ich gern offenbart hätte. Meine falsche Ehe, die mich davon ausschloss, je eines edlen Mannes Weib zu werden, verbaute mir den Weg zu Aufrichtigkeit und Liebe. Ein solches Verhalten entspricht weder meiner Natur noch meiner Erziehung. Er verlangte Erklärungen, die ich ihm nicht geben konnte. Dadurch verstrickte ich mich in weitere Lügen. Um ihm ausweichen zu können, stellte ich mich krank.

Rich bemerkte meine Aufregung und Unruhe und wollte die Ursache wissen. Aber ich musste mein übervolles Herz zurückhalten.

Und dann brach das Unglück erneut über mich herein. Derby war der Gemahl der jungen Lady Alton geworden, der Nichte meiner verehrten Lady Summers. Das jungvermählte Paar wollte zu

Besuch kommen. Ein Landfest sollte organisiert werden. Ich brach fast zusammen, als ich Derbys Diener John plötzlich in der Empfangshalle sah. Nur die Hoffnung, dass er mich nicht bemerkt hatte, hielt mich aufrecht. Ich schlich durch Haus und Garten, versteckte mich, blieb in meinem Zimmer und hatte Angst, riesige Angst. Ich wusste, dass er vor nichts zurückschrecken würde, um meine Existenz auszulöschen. Dabei war ich bereit, absolutes Schweigen über unsere unselige Beziehung zu wahren. Aber allein meine Gegenwart musste er als Bedrohung wahrnehmen. Er war jetzt ein untadeliges Mitglied des englischen Hochadels, verheiratet mit einer Dame reinblütiger Herkunft, Träger eines ehrwürdigen Titels. Ich war ihm ein Dorn im Auge. Trotz meiner Vorsicht musste er mich bemerkt haben und inszenierte mit Hilfe Johns meine Entführung nach Schottland.

Und so verlor ich auch meine Wohltäterin und meinen Wirkungskreis auf Summerhall, wo ich mich heimisch und sicher gefühlt hatte.

*

Danksagung

Es klingt vermessen, aber in erster Linie danke ich Sophie von La Roche, die vor 250 Jahren den Mut fand, diesen Briefroman zu schreiben und zu veröffentlichen.

Mir machten zunächst meine drei wortgewandten Söhne Mut für dieses Sternheim-Krimi-Projekt. Danke für ihre Ideen, ihre Unterstützung bei PC-Problemen, ihren Optimismus. Ohne ihren Wunsch hätte ich Oßmannstedt und später Biberach nicht besucht, wo mir Fräulein Sophie begegnete. Meine Freundin Susanne Niemann gab mir als Lektorin wertvolle Hinweise und jegliche Unterstützung. Dein Glaube an mich war mir Ansporn, lieber Charly. Ihr habt die Geschichte in den verschiedenen Stadien gelesen und mich ermuntert, lieber Bruder Klaus, liebe Anne, lieber Jens-Peter. So manchen Fehler habt ihr aufgedeckt. Ich danke auch Frau Nerl-Steckelberg vom Museum Sophie La Roche, Bönnigheim für ihr Interesse an diesem Projekt und die Zusendung von Informationsmaterial über das Literaturmuseum in Bönnigheim.

*